# Libro de horas de las oscuras golondrinas

*M. C. Arellano*

Copyright © 2020 M. C. Arellano

Todos los derechos reservados.

ISBN: 9798614342500

www.mcarellano.com

*Para mi héroe romántico,
creador a pesar de las tempestades,
príncipe de la lírica, señor de la épica;
sabio en su mirada poética,
en el equilibrio de pasión y serenidad,
libre
más allá de las convenciones
y expectativas de la sociedad.*

*Gracias por volar siempre tan alto, Jesús;
por hacer del albedrío y la valentía tus estandartes,
por cuidar cada verso de la existencia
como si fuese a durar para siempre.*

*„Die Vorstellungskraft erschafft die Realität."*

*Richard Wagner*

*Habéis de saber, mortales, que debéis vuestra existencia,*
*vuestros gozos y penurias,*
*a un amor prohibido que desafió*
*el legado milenario de dos familias*
*enfrentadas por una meta común*
*y un camino divergente.*

*Sucediéronse los hechos de hora en hora;*
*parcelas determinantes de tiempo que yo,*
*triste cronista,*
*esclavo de la caducidad de la carne humana,*
*no puedo sino dictar a esta desdichada amanuense,*
*que lo redacta sin entender*
*la magnitud de su alcance.*

*Yo estuve allí: lo que no vi,*
*me lo contaron quienes lo vivieron.*

*Yo estuve allí: yo sufrí en mis carnes*
*el sublime tormento de los espíritus,*
*contemplé los brotes del amor inesperado con estos ojos*
*que han alimentado a los gusanos, escuché las voces del*
*pasado maltrecho cantar en lenguas muertas.*

*Yo estuve allí: vosotros seréis testigos también,*
*a través de esta ventana que llaman libro.*
*Ved, contemplad cómo nació y creció*
*este amor del que os hablo,*
*este milagro que nos hubo de salvar a todos*
*de un apocalipsis peor del advertido en Patmos.*

*Venid, leed, admiraos: regocijaos en el alma*
*que os permite entender la magia aún ignota*
*que los vivos llaman amor.*

# *Ciudad Imperial*
# *Marzo, 1864*

*Martes.*
*Hora de la oscuridad cómplice.*

El poeta reía cuando se detuvieron en la plaza, bajo la protección que el atrio del convento ofrecía contra la lluvia. Acababa de terminar el invierno y las lluvias propias de abril se habían adelantado; los cantos rodados que empedraban las callejuelas de la ciudad resultaban traicioneros, máxime si los pisaban a la carrera, en las horas que no existen en la imaginación de la gente de bien.

—¡Un mapa, muchacho! —exclamó el poeta, apartándose los rizos oscuros y empapados de la cara—. ¡Un mapa!

El muchacho no era un muchacho ya, pero no le importaba que el poeta siempre lo fuera a llamar así. Tampoco tenía el literato muchas más opciones, ya que su acompañante no tenía nombre; o, al menos, no tenía un nombre que pudiera revelar a la ligera.

—No tenemos el mapa, Gustavo —dijo el muchacho, tras apoyarse en una columna del atrio—. Sólo sabemos que existe.

El pelo negro y crespo, largo hasta casi los hombros, le caía sobre los ojos en mechones mojados. Intentó apartárselo con la mano; no hubo suerte, volvió a caérsele por delante de la cara. Se resignó. No podía aspirar a mantener la siempre pulcra apariencia del poeta. Su mandíbula no era tan elegante, sino más bien la propia de un campesino, cuadrada y, como una vez le había dicho su hermana, "popular". Había intentado disimularla dejándose barba, pero no conseguía que le creciera de forma uniforme, así que hacía algunos años que se contentaba con ir perfectamente afeitado.

—Y también sabemos de varios lugares donde encontrarlo —dijo el poeta, con una animosidad que nunca parecía abandonarlo—. ¡Alégrate! Creía que, después de tantos años detrás de pistas vacías y humo impreciso, algo tangible te haría bajar bailando hasta el río.

El muchacho no sonrió. No le parecía apropiado sonreír. Algo le decía que sus labios estaban hechos para algo más que pronunciar frases inermes, pero era un pensamiento inquietante en el que prefería no ahondar, sobre todo teniendo otros pensamientos en los que ahogarse que, además, eran más urgentes.

—Nos hemos arriesgado demasiado hablando con Soria —dijo—. Podría irse de la lengua. No sabemos...

El nombre los Aurelianos se deshilachó antes de formarse en sus labios. Si le costaba pensarlo, mucho más difícil era pronunciarlo; no se atrevía más que a llamarlos "ellos", aunque nunca los había visto, ni los conocía salvo por las historias veladas que sus antepasados habían escrito —en cuyo caso les daba cierto crédito— o contado —que no tenían, para él, la menor verosimilitud, dado que no se fiaba de las alteraciones que pudieran haber sufrido en su transmisión—.

—Mira, muchacho, es muy útil tu prudencia, pero no debes permitir que te paralice —dijo el poeta—. Déjate llevar, aunque sea de vez en cuando, por la esperanza. Soria nos ha confirmado que hay un mapa: ¡celebremos!

El muchacho se irguió. Estaba empapado y cansado, pero sentía que el poeta tenía razón: por fin parecía que las cosas iban a salir bien. Asintió. Había empezado a escampar.

*Jueves.*
*Hora de la libertad de espíritu.*

Ella se miraba los pies mientras daba pasos cortos y fatigosos sobre la cuesta empedrada. Subirla estaba siendo mucho más complicado que había sido bajarla, pero no tanto por la inclinación del suelo —llevaba toda la vida viviendo en aquella ciudad escarpada, más adecuada para las cabras montesas que para los caminantes humanos— sino por lo encogido que tenía el corazón, aún tan abotargado que parecía costarle latir. Aquello que había hurtado parecía quemarla desde la faltriquera, pero sabía que no debía prestar atención a aquella clase de... percepciones.

Intentó comportarse como una persona normal. Había varios jóvenes del colegio de infantería en la pequeña explanada del otrora Hospital de Santa Cruz; charlaban animadamente bajo el sol que había sido tan caro de ver durante el invierno. Parecían despreocupados, felices. La luz de aquella hora de la tarde incidía sobre los relieves prolijos de la fachada, tan abigarrados y singulares, tan concentraditos alrededor de la puerta, en contraste con el resto de la fachada, tan vacía, tan gris.

Ella no podía disimular su falda parda, remendada con esmero, ni los zapatos con dos tipos distintos de botones. Ambas prendas, amén de una enagua confeccionada mucho antes de que alguna exagerada inventase el miriñaque, ocultaban sus tobillos y sus pantorrillas, bien torneados gracias al ejercicio diario de subir y bajar cuestas, en pos de los recados cotidianos: ir a buscar el pan, a coger sol al Tránsito, a lavar al arroyo de la degollada. Sin embargo, la blusa y el grueso echarpe no podían ocultar su porte sereno, altivo, como de emperatriz romana caminando en un tiempo al que no pertenecía, dotando de la majestuosidad de una era perdida a un tiempo de hambre y miseria.

Ni los jóvenes ni las dos ancianas que departían en la esquina de Santa Fe podían sospechar de dónde venía ni lo que había estado haciendo durante una noche y medio día. No podían ver las heridas que ella tenía en las manos, porque las llevaba bien escondidas, envueltas en el echarpe; ni las grietas que el miedo había dejado en su alma durante las horas en la oscuridad, recorriendo los pasillos de lo que una vez fueron palacios regios y ya no eran más que sótanos de un convento de monjas.

Siguió hacia las escaleras que subían hacia Zocodover. Aprovechó para detenerse y agacharse, con el pretexto de recolocarse las medias en el borde del calzado. Intentó respirar hondo. Al erguirse de nuevo, se atusó un poco el moño. Tenía el pelo marrón y ondulado, reticente tanto a mantenerse liso como a formar los bucles delicados que su hermana lucía sin demasiado esfuerzo. Sólo trenzarlo, retorcerlo y sujetarlo con horquillas como si de grilletes se tratase conseguía darle un aspecto que no recordara a una Furia desatada. Algún día, cuando hubiera cumplido su misión y el disimulo y el pasar desapercibida ya no fueran importantes, se soltaría la melena. El decoro de sus coetáneos no era más que otra prisión, igual que el destino: lo único decente en esta vida, en su opinión, era ser libre.

Empezó a subir los escalones con decisión.

*Hora del destino veleidoso.*

El muchacho no solía prestar mucha atención a los demás, pero cuando vibró el viejo artilugio que llevaba en el bolsillo del chaleco, ese que hacía pasar por reloj, se

detuvo para mirar a su alrededor tan bruscamente que la persona que venía detrás de él chocó contra su espalda. Él se volvió, con una disculpa en los labios, pero lo que vio en la mujer lo dejó sin habla.

Sus ojos no eran marrones ni glaucos ni prístinos; eran bronce viejo y olvidado, verdoso allí donde el devenir del tiempo no había logrado bruñir su mirada hasta sacarle el brillo cruel del conocimiento que trae la madurez. Fruncía los labios con el disgusto que da la costumbre de saberse rodeada por almas que no podían comprenderla ni se esforzaban por intentarlo y la determinación de no dejar que ese pequeño detalle le impidiera aspirar a encontrar quien pudiera entenderla.

Se vio tan reflejado que dio un paso atrás, como un gatito ante un espejo por primera vez. El vetusto artilugio, en su cadenita, bien oculto en el bolsillo del chaleco, vibró de nuevo. No lo hizo de forma ominosa y continua como en presencia de las sombras esquivas, aunque espesas, que lo perseguían por las calles de la Ciudad Imperial cada vez que intentaba desentrañar sus secretos. No, fue una vibración breve, casi tímida; imperceptible, en todo caso, al lado del temblor que lo recorrió entero.

—Perdone, señor —musitó ella. Se recolocó el chal sobre la cabeza y se dio la vuelta tan rápido que él no pudo reaccionar a tiempo; se perdió entre la gente, hacia la Sillería. Cuando él quiso reaccionar, ya era tarde. Le costó un gran esfuerzo recordar de dónde venía y a dónde se dirigía, y se le antojaron incomprensibles ambos lugares, pues ella no estaría en ellos. Respiró hondo y se recompuso; comenzó a andar, su mente pareció organizar su percepción de nuevo en orden: pero no podía ya concentrarse en su misión, ni sabía explicar bien por qué era tan importante, si el destino del mundo le parecía asunto baladí al lado de lo que acababa de experimentar.

Se detuvo al bajar las escaleras que le llevarían al Carmen y se llevó la mano al bolsillo del chaleco. Comprendió. Sólo el saberse un caballero lo salvó de desmayarse, pero el ritmo de sus pasos se volvió lento y pesado, como si supiera que acababa de tomar una senda que no estaba ni empedrada ni desbrozada siquiera; un camino que, de todo su clan, era él el primero en emprender.

*Hora de la expectación cumplida.*

En el patio flotaba el silencio perezoso de la media tarde, pequeñito y humilde, nada que ver con el silencio solemne de las calle vacías, decrépito y desesperanzado, clamor de la ausencia de los pobladores desaparecidos, eco del esplendor perdido. El del patio no era más que la falta de la voz cantarina de su hermana, la inmovilidad de la garrucha del pozo y la molicie de la hora previa a la puesta de sol.

—¡Claudia! —llamó. Se quitó los guantes y se desembarazó del echarpe; abrió la puerta de la cocina y sonrió al sentir el calorcillo del fogón, esa caricia de bienvenida con la que había tenido que conformarse tanto tiempo a falta de los brazos de una madre que le ofrecieran tibieza y protección.

Claudia se levantó de la mecedora, con la manta bien sujeta. Parecía haber solucionado el tema de la ventana sacrificando un par de trapos para tapar bien las grietas por las que se colaba el frío; a estas alturas, con la primavera asomando ya, poco importaba.

—¿Quieres gachas? —preguntó Claudia. Le notó en la voz la modorra de la siesta a deshora, pero eso ya venía siendo costumbre, así que simplemente negó con la cabeza.

—No, no —dijo, y se quitó el echarpe de los hombros, y lo colgó con cuidado tras las puerta—. Saca un chorizo, saca queso, saca tocino: ¡lo tengo! ¡Lo he encontrado, Claudia!

Claudia abrió mucho la boca y dejó caer la manta. Se le escapó un ruido que costaba identificar, una suerte de graznido ahogado, como de pato moribundo. Se llevó una mano a la boca y volvió a sentarse en la mecedora, que crujió como para acompañar al momento. Dos gruesas lágrimas cayeron de los ojos de Claudia cuando cerró los párpados.

Ella se agachó a su lado, en el suelo, sobre el cuadrado que una vez fue alfombra y ahora, con mucha generosidad, podían llamar como mucho felpudo, y le apoyó la cabeza en el regazo. Lloraba también; sus lágrimas mojaban el delantal de Claudia, humedecían la lana de su falda. Otra falda heredada, otra tela adquirida en tiempos mejores. Las manos de su hermana empezaron a acariciarle el pelo, a deshacerle el moño, a liberar su alma, sin dejar ninguna de las dos de llorar.

—Qué noticias tan buenas, chiquitusa —murmuró Claudia, al rato; y ya su voz parecía intentar alzar el vuelo.

Ella levantó la cabeza, se limpió la cara con las manos y la nariz con el pañuelo que guardaba en la manga, y empezó a contarle su periplo por los sótanos del convento, en busca de las señales olvidadas tras talegas de harina apiladas y revocos en los muros vetustos.

Le enseñó las manos, las pequeñas heridas, se le tomó la voz un par de veces.

Por fin, triunfante, sin haberse levantado del suelo todavía, se sacó de la faltriquera el librito viejo, tan usado y sobado y releído y amado que el rojo de la portada apenas se conservaba y las páginas, rotas hacía largo tiempo, se mantenían en su sitio a fuerza de cuidado y mimo de su propietaria al abrirlo y cerrarlo. De ahí extrajo el papel, doblado en cuatro, y lo extendió ante su hermana bajo la luz del atardecer frío que se colaba por la ventana, macilenta y mortecina, y la que venía de las llamas del fogón, cálida y recatada.

—Mira qué finas las líneas, qué detalle —susurraba, casi sin atreverse a tocarlo—. Es lo que pensábamos... Las entrañas del Imperio. La puerta del río... Todo. Creo que... Creo que podríamos terminar el asunto este año, esperando a los momentos apropiados, y entonces...

Claudia chasqueó la lengua y ella, en una reacción aprendida en su más tierna infancia, enmudeció.

—No, chiquitusa, no pienses en eso ahora. No hasta que hagamos lo que hay que hacer. Venga, vamos a cenar; mañana con la luz del día lo copiaremos las veces que haga falta para poder estudiarlo con tranquilidad. No podemos meternos prisa ahora, ¿verdad?

Ella sonrió, porque hacía mucho tiempo que Claudia no decía más de dos frases seguidas. Vivía en una realidad en la que lo que se llevaba a la boca eran sólo alimentos, nunca manjares; la curva de sus labios era mueca y no sonrisa, y lo que trascurría entre el amanecer y el ocaso no era día, sino tormento. El papel, con el mapa que contenía dibujado, había traído un cambio a Claudia, y ella no podía más que alegrarse. Así que se levantó, le pidió a su hermana que se quedase en la mecedora, volvió a cubrirla con la manta y se acercó a la alacena para empezar a preparar la cena para las dos.

No podía llamarse ágape a aquello, pero a ellas les supo a triunfo, a victoria y a recompensa por la perseverancia y el trabajo bien hecho. Cenaron chorizo, pan y queso; no había tocino, pero quedaba una naranja tristona que compartieron, rechupeteándose las yemas de los dedos, que a una le escocían por las heridas y a otra le hormigueaban con la vida desconcertada que a ellas volvía.

Al tocarse los labios con el pulgar endulzado por el juguillo de la naranja, ella pensó —o recordó, o imaginó, o rescató del lugar donde van los deseos mudos a esperar su momento— en el joven con el que se había chocado en Zocodover aquella tarde, tan desconcertado, con tanta prisa y con tan poca perspicacia.

—Me he chocado contra un joven a la vuelta —dijo, tras lamerse el pulgar y esconder en ese gesto las preguntas y delirios que ahora brincaban en sus labios—. Estaba tan ensimismado que no me ha pedido ni perdón.

A Claudia no podía mentirle y Claudia lo sabía, así que a veces lo mejor era contarle las cosas para que ella, con su temple y claridad de discurso, pudiera devanarle sus propios pensamientos de forma que ella misma los entendiera.

—Te estás entusiasmando muy pronto, chiquitusa —dijo Claudia, que jugaba con la cáscara del postre a pesar de que ya se había terminado la naranja, pero no parecía saber qué hacer con las manos—. Recuerda el cuento de la lechera. Ya pensaremos en esas cosas cuando acabemos con lo que hay que hacer.

—Con lo que tengo que hacer —dijo ella, súbitamente enfurruñada, cansada, frustrada y aturdida—. No sé si voy a saber pensar en esas cosas. No lo he podido hacer nunca. Y, cada vez que lo intento, no me dejas...

No quería sonar como un pato moribundo, así que cerró la boca. Claudia dejó la piel de naranja en el plato, el único que les quedaba intacto, y suspiró desde el fondo de su vacío, que de tan profundo que era a veces parecía ser capaz de tragársela.

—Ay, chiquitusa, es que no quiero que acabes así.

"Así" es una palabra sibilina y traicionera, porque parece evidente a lo que se refiere y nunca jamás, la muy ladina, tiene la deferencia de explicitar a si se refiere a lo que quiere decir el hablante, lo que se imagina el receptor o —en la mayoría de los casos— una tercera cosa informe. Por eso es una palabra tan socorrida, una trinchera para los que no quieren enfrentarse a la realidad y un disfraz para los que no quieren desvelar lo que han hecho con ella.

Esto ella lo sabía, así que Claudia lo sabía también. Sus sonrisas eran sonrisas y los merengues una gloria, un capricho con el que soñaba ante las confiterías. En ella no había vacío, sino ganas; una esperanza de algo en lo que no se permitía pensar, un terror sublime ante los pormenores de lo que otros tenían por vida y para ella era sólo misterio: el significado de palabras como sueños, aburrimiento o irresponsabilidad; sobre todo, el de esa otra que, de tan luminosa que le parecía, hacía que todo se le antojara una sombra fúnebre al ponerlo al lado... Esa que no se atrevía a susurrar, esa que había leído en los ojos del joven que se habían prendido en los suyos aquella tarde; las dos sílabas tiernas y feroces que mueven el mundo y en cuyo nombre los imprudentes juran en vano y los poetas desnudan su alma. Siempre viejo, siempre nuevo, siempre eterno: amor.

*Hora de la perplejidad culpable.*

El muchacho miraba su artilugio dorado con preocupación, los codos sobre la mesa, los dedos acariciando el cristal que no era cristal, el óvalo curvado de ese tono de metal bruñido que hacía tan poco había reconocido en la mirada ajena. Obcecado en su silencio, apenas había cruzado palabra con su hermana, que lo miraba también callada, desde el sillón.

—¿Vas a ir al convento o no?

Él levantó la cabeza un poco, como para indicar que la estaba escuchando, sin tener que cambiar demasiado de postura ni dedicarle más atención de la que podía.

—Es arriesgado —murmuró, sin dejar de tocar aquella curva semejante a otra curva nunca acariciada—.

Preferiría empezar antes por las ruinas. No quiero ponerlo todo en peligro si no es estrictamente necesario.

Elvira bufó. Era una maestra en el arte del bufido, el gruñido y, en general, cualquier forma de mostrar su disgusto que no incluyera manifestarlo con claridad, de forma que pudiera hacerse algo por evitarlo. Parecía preferir que sus semejantes andasen en la oscuridad, preguntándose qué habrían hecho esta vez —o qué no habrían hecho— en lugar de verbalizar con precisión de dónde provenían su incomodidad o contrariedad, de forma que muchas veces su hermano se echaba la culpa del malestar de su hermana cuando, en realidad, lo que a ésta frustraba era simplemente que estaba lloviendo.

—¿Qué pasa, niña? —intervino el poeta, que ignoraba que la agresividad lacónica era ya costumbre en aquella casa y se empeñaba en ordenar los gruñidos de Elvira hasta poder sacar palabras—. ¿Tú lo harías al revés?

A Elvira le incomodaba cada vez más el empeño de Gustavo en que todos se comunicaran con eficiencia, como si aquello fuera a cambiar algo.

—¿Qué más da lo que haría yo?

—A mí me interesa —dijo el poeta, sonriendo.

—A los Aurelianos seguro que les interesa también —dijo Elvira, y se levantó. Cruzó los brazos, soltó un suspiro enigmático para poder indignarse si nadie adivinaba qué había detrás de él y miró a su hermano, como esperando que hiciera algo que era evidente que tenía que hacer.

—¡Ah! ¡Los Aurelianos! ¿Te preocupa que se nos adelanten? —preguntó el poeta—. ¡Eh, muchacho! ¿Tú que opinas? No habéis sabido nada de ellos en decenios, ¿verdad? ¿Muchacho?

El joven miró al poeta y se guardó su suspiro, porque pretendía decir lo que prefería callar.

—Creo que están aquí —dijo, y se sorprendió de la serenidad de su voz—. Mirad.

Dejó el artilugio sobre la mesa. Elvira se inclinó para mirarlo, sin descruzar los brazos ni cambiar de rictus, y no dejó escapar ningún sonido. El poeta se levantó de su taburete junto al fuego y se acercó, envuelto en la curiosidad vibrante por los secretos milenarios, aunque lo que vio no le aclaró nada.

—Las dos y media —señaló el poeta—. Bueno, aparte de que acaban de tocar las campanas de las ocho en punto y está sin cuerda, no sé qué pasa con el reloj.

—Que no es un reloj —dijo Elvira. Se volvió para mirar al fuego.

El joven volvió a coger el artilugio y lo acarició.

—Es muy antiguo —dijo, y sintió un consuelo tibio al refugiarse en el regazo de la historia familiar—. Mi abuelo lo escondió dentro de esto, a modo de reloj, cuando vivía en Ginebra. Cada hora significa una cosa. Esto es... Preocupante.

—¿Por dónde has pasado hoy? —preguntó Elvira—. ¿Con quién has hablado? Tenemos que hacer una lista. Descartar a los que conocieras de antes. Acotar ante quién puede haber ocurrido y procurar tenerlo vigilado. De todas formas, debería haber vibrado. ¿No lo has notado?

Su hermana lo miró a los ojos.

—Elvira —advirtió el joven.

Intentó apartar la mirada, pero Elvira era más rápida. Su hermana dio un paso atrás, más bien un saltito, como un gato que se reconoce en el espejo.

—¡Será posible! —dijo ella, con una risa que era como un gorgojeo, como el gozo de un pajarillo ante una primavera inesperada—. ¡Es una chica!

—¿Es eso cierto, muchacho? ¿De ahí el mohín?

—¿De dónde ha salido? ¿Desde cuándo? ¡No puedes ocultarme estas cosas y pretender que no intente mirar!

El joven sintió la tentación de hacer como su hermana y hundir la cabeza entre los brazos, dejar escapar algún sonido inarticulado y poner en manos ajenas la responsabilidad de su consuelo.

—El amor no es un lujo que me pueda permitir y menos en estas circunstancias —dijo, y sintió un sabor acre, como de cenizas húmedas, en el fondo de la garganta—. Tengo que encontrar el mapa y... Bueno, encontrar también *eso* y hacer lo que tengo que hacer. Luego podré perder el tiempo con estos descalabros, con este...

Aunque hubiera querido, no habría podido continuar.

—Con este vano fantasma de niebla y luz —dijo el poeta, sonriente.

—Ay, hermano, que no es para tanto.

—No entiendes nada.

Gustavo reía junto al fuego. El poeta parecía regodearse en algún chiste amargo que al joven se le escapaba.

—Ay, muchacho, eres tú el que no entiende nada. ¿Dónde está el problema?

—No puedo distraerme ahora.

Al parecer, no podía ni distraerse en cenar. Elvira y Gustavo habían dado buena cuenta de unas migas con un poquito de tocino que habían sobrado del día anterior, pero el joven no había hecho ni intención de llevarse algo a la boca. Buena es la pitanza cuando tan lejos quedan los besos anhelados, solía decir Gustavo, pero él mismo sabía que no hay alimento que consuele un alma a la que le falta aquello de lo que no era consciente que carecía.

—Bueno, pues no te distraigas —dijo Elvira—. Concéntrate en encontrar el mapa y hacer lo que debes. Si consigues solucionarlo, además de liberarnos a todos de esta herencia terrible y lo funesto del destino indeseable, no habrá ya nada que nos separe de los Aurelianos, y podrás cortejar a tu dama, aunque no creo que privar a los suyos de su objetivo pernicioso la vaya a disponer favorablemente hacia ti.

El joven se levantó. El chirrido de la silla contra las baldosas del suelo sobresaltó a los tres ocupantes del pequeño saloncito.

—Hacer lo que debo. Ya. ¿Sabemos lo que exigirá de mí cumplir con esta tarea impuesta, esta herencia envenenada? ¿Qué debo curar? ¿Es una bestia, una persona? ¿Qué pasa si es incurable? Nuestros mayores lo han tenido fácil, fracasando una y otra vez al buscar el objeto de nuestros desvelos. Y yo, que estoy a punto de dar con él, no sé... No sé si estoy preparado.

—¿Tienes miedo? —preguntó Gustavo, sin rastro ya de humor.

Miedo. Su abuela le había dicho una vez que el miedo no es más que una forma corrupta de respeto, así que no podía temer a los malvados y mezquinos, ya que no podía respetarlos. Esto, sin embargo, le pareció diferente, más allá de nombres y casi de sustantivos.

—Nuestra situación no es justa, estoy de acuerdo —dijo Elvira, extendiendo los brazos en cruz. El joven temió que se fuera a echar a volar ahí mismo.

—Iré a las ruinas al amanecer —resolvió, y se marchó a su dormitorio. A falta de sueño, siempre podía estudiar.

*Viernes.*
*Hora de la fortuna voluble.*

Podría no haberse percatado de su presencia, pero esta vez, al ir solamente preocupado por el pesar que llevaba acompañándolo desde que tenía uso de razón, notó vibrar el artilugio. Se volvió, buscándola, y la encontró dentro de una tienda. Miró a través del escaparate, como si el cristal del mismo fuese una urna donde se guardara algún objeto exótico cuyo origen estuviera aún por determinar.

La tienda era una mercería pequeña y humilde. En el reflejo que le devolvió el escaparate, en uno de esos trucos burdos de la luz que engañan a los ojos para que se fijen y enfoquen en lo que no habían reparado antes, se vio a sí mismo. Estaba un poco despeinado y se había manchado de barro también en la cara, además de en los pantalones. En las ruinas del castillo que se alzaban al otro lado del río no había encontrado ni rastro del mapa; sólo había podido oler, entre las piedras, la reconstrucción que se avecinaba.

No era un don muy útil el de vaticinar acontecimientos aleatorios, pero era un consuelo estar seguro de que ciertas cosas saldrían bien.

Pasó de largo y se detuvo a esperar en un portal unos metros más arriba. Las calles de aquella ciudad eran todas cuestas, ninguna había completamente horizontal. Ir a alguna parte implicaba subir y bajar, lo que siempre le hacía recordar las palabras de su padre: *no hay camino recto que nos lleve a cumplir nuestra misión.*

Ella salió de la tienda y se alejó un poco, hacia abajo. Sus pasos no sonaban apenas. Sí, debía de ser una de ellos, una... Una Aureliano. Consiguió pronunciar el nombre en su cabeza antes de echar a andar tras ella, sin hacer ningún ruido tampoco. Nunca había conocido a un Aureliano; ni él, ni su padre. Su abuelo era el último que había tenido una conversación con uno, en el París convulso de los tiempos del Emperador.

¿Sentirían en esa familia la misma angustia que había sentido la suya durante siglos, más de mil años? De entre todos los pobladores de ese planeta malhadado, sabía que sólo otra alma compartía un destino tan funesto, un cometido pesado como una enfermedad mortal, una promesa impuesta que te ata, con el lazo mohoso del pasado, a un presente podrido y un futuro desolador. Podría ser ella, podría...

Mientras bajaba la cuesta en pos de la silueta -grácil, oscura; poco podía reseñar de ella con palabras, salvo que no podía apartar la mirada de su elegante avanzar sobre los adoquines irregulares, como si danzara- volvió a sentir el temblor que lo había sacudido el día antes, en Zocodover. ¿Qué hacer si descubría que era ella? ¿Recordarían ellos los antiguos pactos? ¿Intentaría destruirlo? ¿Encontraría en el bronce de sus ojos el filo del arma o la nobleza de la herramienta?

La cuesta se volvió recodo; la calle, callejón. Junto a una tapia cubierta de madreselva tupida, en la zona de umbría al abrigo del edificio enorme que albergaba un convento silencioso, ella se detuvo y se volvió.

Él no se paró. Caminó hasta que estuvo a unos dos metros de ella.

—Creo que tiene algo que no le pertenece.

Ella llevaba el echarpe aquel día también. Ahora, con tiempo, pudo fijarse mejor en su atuendo, que el poeta habría llamado digna reliquia: muy limpio, muy viejo, muy remendado; de un color que añoraba ser negro, como añoran los cabellos grises la intensidad de la juventud.

—¿Pudiera ser? —dijo ella.

Se le quedó mirando, quieta. Había cambiado de postura y ahora recordaba a una pantera huidiza; sin embargo, no se había marchado, no había salido corriendo. Sí... Otra alma sola, doliente, clavada ante los ojos de su enemigo por la curiosidad.

—¿Nos habéis seguido? —preguntó él.

—¿Nos habéis seguido vosotros? Diez generaciones llevamos aquí.

Él se guardó la información. ¿Qué edad podría tener ella? ¿Dieciocho, veinte? Cruel le parecía el peso de un dolor tan viejo en una criatura tan joven.

—No.

Dio otro paso hacia ella y ella, a su vez, dio un paso atrás. Rozó con el codo la madreselva y temblaron las hojitas verdes, brillando el rocío que, a la sombra del convento, aún no se había evaporado.

—¿Tiene usted nombre? —preguntó ella.

—No —respondió él.

Y supo que ella tampoco tenía nombre, sólo apellido: la Aureliano, la enemiga, aquella a quien debía adelantarse. Un problema que llevaba tantos años pareciendo lejano, una cosa menos de la que preocuparse, volvía ahora.

Pero no le preocupaba. Le embriagó, al pensarlo, una emoción que nunca había sentido antes, una... ¿Ilusión? Aquella joven entendía, seguro, su propia angustia, su propio vacío, sus propias preguntas ante lo que le había tocado en suerte, y seguro que sus deseos secretos, tan escondidos que tampoco tenían nombre, también...

—No debería mirarme así —dijo ella.

El instante que tardó él en pensar una réplica ingeniosa ella lo aprovechó para echar a correr; sacudió la madreselva y las gotas de rocío se convirtieron en mariposas transparentes, irreales, que lo rodearon y cubrieron de confusión el tiempo suficiente como para que ella hubiera desaparecido, en silencio, sin que él pudiera precisar hacia dónde.

Tan silencioso, tan vacío y tan oscuro le pareció el callejón cuando volvió completamente en sí que lo abatió tal soledad que cayó de rodillas sobre las piedras antiguas, con una mano en el pecho. Pensó en el poeta, que tanto hablaba de aquellos menesteres, en toda la razón que tenían sus palabras que ya no le parecían ni grandilocuentes ni exageradas. Dio por perdido lo que no había llegado siquiera a conocer, pero el imaginarlo ya lo había hecho existir.

*Hora del eco desgarrado.*

Al poeta le había bastado una mirada para reconocer en el muchacho la herida sin cura que se había abierto en su pecho. La paradoja de su aparición, precisamente en aquel destinado a curar, no dejó de parecerle de una melancolía exquisita. Ya sabía que el destino tiene un humor particular y que, además, es un tejedor torpe: enreda en su madeja mal devanada toda clase de desatinos, torpezas y malentendidos.

—Vamos, muchacho, háblame.

—No hay nada que decir.

Como un fantasma maltrecho se había dejado caer en el sillón, como si su vida se hubiera escapado tras la muchacha huida y no supiera ya volver a él. De eso sabía mucho el poeta: para volver a vivir tendría que encontrarla, pues su vida estaría revoloteando alrededor de ella, de su pelo o de sus manos...

—¿Qué fue?

—No te entiendo.

El poeta dejó escapar un suspiro sonoro. Al contrario que los de Elvira, los bufidos y suspiros de Gustavo eran todos prólogo, epílogo o nota al pie de sus palabras; todos reforzaban y aclaraban su discurso o, si se encontraba en un estado especialmente inspirado, impugnaban su alegato para crear un conjunto que comunicase así, con precisión, conceptos especialmente contradictorios.

—Ay, muchacho, me refiero a cómo comenzó. Cómo abrió el amor, tortura veleidosa, la puerta hacia ella. ¿Qué fue lo que viste? ¿La tersura de sus mejillas, la humedad de sus labios, la curva de sus cejas? ¿Un rizo al viento, rebelde fuera del peinado, salvaje e indomable?

El muchacho miró su vaso de agua.

—Sus ojos —murmuró—. Sus ojos, viejos y duros... Como el bronce.

—¡Ah, qué hermoso! Podemos llamarla, entonces, la de broncíneas pupilas.

—Las pupilas no tienen color, Gustavo...

—¿Qué le importan a la poesía los tecnicismos? Nada de lo que has aprendido tiene utilidad en estas lides, muchacho. Aurelia, la de broncíneas pupilas...

—No sabemos si se llama Aurelia.

—Ni ella sabe cómo te llamas, pero te llamará Hermenegildo, o Méndez, porque es el único nombre que conoce para ti.

El muchacho dio un respingo. Los nombres, los malditos nombres; el poeta conocía bien el poder de las palabras y no dudaba en utilizarlo. Había jurado poner su don al servicio de aquellos que decían tener la misión de curar el mundo: de amor, entre todas las complicaciones de este mundo, sabía bastante también.

El silencio que siguió se llenó de espera. El poeta reconocía que gran parte de amar se basa en esperar, pero el éxito del mismo consiste, precisamente, en qué hacer con esa espera.

El muchacho se levantó y fue hacia el bargueño. El mueble estaba ya en la casa cuando la compraron; a Elvira le habían encantado la profusión de cajoncitos y la decoración florida, sencilla y elegante, que presentaba. Se había entretenido todo un verano en restaurarlo con mimo y después lo había destinado a relicario de las posesiones más preciadas de la familia: los originales de las memorias de sus antepasados, en lenguas que ya no hablaban ni los curas, algún retrato de un bisabuelo, alguna cruz de una tatarabuela, el anillo que había visto subir a Constantino al poder...

Pero no era el anillo la reliquia que guardaban con más celo, sino el broche.

El joven abrió un cajoncito —idéntico a los demás, cómplice travieso del tesoro que guardaba— y sacó de él algo envuelto en tela. Un envuelto de lana gruesa guardaba otro envuelto de lino sin teñir que, a su vez, envolvía una seda verde, un tanto ajada, cuyo origen no podían precisar.

El muchacho se llevó a la mesa el tesoro y empezó a desvestirlo, ante la atenta mirada de Gustavo, que sólo había visto lo que contenía una vez. Bajo los tejidos protectores apareció un águila, de formas toscas, como el dibujo de un niño que sólo entiende lo imprescindible que ha de tener un águila para ser águila y, por tanto, ser un águila verdadera, sin someterse al influjo malsano de volúmenes, profundidad, perspectiva o los devenires de las leyes científicas que rigen el mundo. Era un águila cierta, sencilla en su silueta, dividida en celdillas de paredes doradas e interiores verdes y rojos. Altiva, elevaba su pico hacia la derecha; el círculo que representaba su ojo era de esmalte color esmeralda, rodeado de fuego bermellón.

—Dicen que vino del norte, con la familia; que cruzó el Rin. Que la que la acompañaba... Se perdió.

El poeta había leído, había escuchado esa historia.

—No se me ocurre nada mejor para representaros —comentó el poeta. Si los objetos hablaran, cuánto podría contar aquella fruslería, aquella fíbula que más que antigua era anciana, portadora de una personalidad propia, una entidad, un ser.

—Yo quiero saber lo que dicen ellos —añadió el muchacho.

Gustavo, tembloroso, descubrió en la inflexión de la voz del joven el giro dramático que iba a hacer cambiar la historia, y estuvo a punto de llorar de la emoción.

## *Hora de la esperanza trémula.*

No había encontrado a Claudia en la mecedora, en la cocina, junto a la ventana que daba al patio. Tampoco la había recibido el silencio entre las columnas, sino una cancioncilla sin palabras que venía del piso de arriba y que entró sin permiso en sus oídos, cogida de la mano de una esperanza inesperada. No sabía si iba a poder atender en condiciones a esas invitadas, así que tuvo que detenerse un momento, al pie de la escalera, antes de decidirse a subir.

Los escalones estaban limpios. Habían sido barridos y fregados. Tampoco había polvo en la barandilla. Arriba, en el corredor, también estaban limpias las baldosas. Ella siguió la cancioncilla hasta la biblioteca, que tenía la puerta entornada y las contraventanas abiertas; en los cristales se reflejaba la luz y también estaban limpios.

Ella empujó la puerta y vio a Claudia inclinada sobre la mesa. La luz entraba desde el patio y desde el balcón; la persiana estaba subida y los cristales, limpios. Toda la estancia, la biblioteca, parecía limpia también. Había un cubo, lleno de agua sucia, junto a la puerta; y varios trapos mojados y el cepillo del suelo a su lado.

—Te le traído la aguja que habías pedido —dijo ella, con un hilo de voz. Un par de mariposas de rocío aún revoloteaban junto a ella, jugando con la luz. De todos los males que podían ocurrir cuando hacía lo que no debía, cuando usaba lo que les estaba vedado a los mortales, ese era uno menor; ya se cansarían o se desharían.

Claudia las vio, claro, pero sonrió. Había extendido el mapa sobre la mesa y había empezado a copiarlo, a lápiz, en uno de los cuadernos de dibujo de su madre. El papel estaba viejo y olía a tardes en el patio aprendiendo a utilizar el carboncillo para algo más que para mancharse la cara, las manos y el delantal.

Las manos de Claudia también estaban limpias. Cogía el lápiz con la elegancia que una presupondría a una ninfa que recoge flores a la orilla de un arroyo de la Arcadia y reproducía, con una exactitud envidiable, las líneas que aparecían en el mapa original.

—Gracias —dijo Claudia, en la misma tonadilla que andaba cantando—. He abierto la ventana... Ay, la ventana, ay, ay... Olía a cerrado, ay, ay...

Ella sonrió. Las maripositas de rocío revolotearon alrededor de su cabeza, gozosas, y escaparon hacia Claudia y su canción. Claudia se separó de la mesa al verlas y extendió la mano, donde se posaron, una en la yema del índice y otra en la yema del anular y allí, en un aleteo breve, se deshicieron. Claudia se llevó los dedos húmedos a los labios y los lamió.

—Lo he visto otra vez —murmuró ella.

Claudia la miró a los ojos. Ojos sabios, vivos, dorados como la miel de romero.

—Ay, chiquitusa —dijo, y se levantó—. Es un Méndez.

—Ya lo sé. Debería odiarlo, pero...

—No, ¡no! —exclamó Claudia, mientras abrazaba a su hermana tiernamente—. Ay, no. No se les puede odiar por estar equivocados, sólo tenemos que intentar cumplir con la misión antes que ellos. Y luego... Ya no habrá nada que os separe, pero antes...

Se volvió hacia el mapa y el cuaderno de dibujo. Ella asintió.

Un golpeteo en el balcón las sobresaltó. Algo estaba llamando a los cristales, con un ritmillo insistente.

—¿Un pájaro?

—Es una golondrina —dijo Claudia. Se acercó al balcón y lo abrió; la golondrina se había quedado en la barandilla, dando saltitos, como jugando. Era un pájaro precioso, oscuro y de líneas definidas.

Claudia le ofreció la mano y la golondrina se subió a ella. Traía un papel enrollado, atado con una cinta blanca a una de las patas. Claudia lo cogió, susurró algo al pájaro y éste echó a volar.

Ella seguía paralizada, junto a la gran mesa.

—¿Una golondrina? ¿En marzo? —gimió.

Claudia cerró la ventana.

—Toma —dijo, otra vez con música en la voz—. Es para ti.

—¿Cómo que es para mí?

Ella cogió el papelito y lo desdobló. Lo leyó en silencio. Claudia ya sabría lo que ponía; no le hacía falta poner los ojos sobre algo para saber qué quería decir. Libros, cartas... Hasta las almas de los que no se atrevían a pronunciar sus verdaderos pensamientos estaban tan claras para ella como su propia respiración, su propia existencia.

—¿Vas a ir? —preguntó Claudia, pero ya sabía la respuesta.

*Domingo.*
*Hora de la belleza efímera.*

Aquel lugar parecía irreal a finales de mes. Había sido idea del poeta: insistió en el poder de la belleza significativa para hacer que las cosas ocurran. El árbol era de tronco raquítico y de aspecto anodino, hasta que

llegaba ese momento único y precioso. Su floración ofrecía un espectáculo tan efímero como hermoso, casi irreal: los pétalos blancos, ligeramente rosados, cubrían las ramas de los árboles y los árboles cubrían el paisaje como si quisieran traer a los pobres mortales la visión de otro mundo; uno mejor, más poético y delicado, en el que todo está por nacer. Pocos días duraba tal milagro, y el poeta había insistido en que todo es posible durante el lapso mágico en que florecen los almendros, así que el muchacho había aceptado su sugerencia.

El muchacho no conocía la zona, pero el poeta sí; le había dado señas precisas para encontrar la cuesta —siempre, siempre cuestas, incluso al otro lado del río— y seguir el color de los árboles hasta la ermita de San Jerónimo. Habría almendros en los cigarrales, asomando tras las tapias en formación ordenada, y habría almendros fuera, de fieras y obstinadas raíces, de aquellos que nacían sin que nadie plantara la semilla, sino por puro azar, ese azar tan improbable que sólo puede llamarse magia y que, sin embargo, ocurre con inusitada asiduidad. Aquellos bellos árboles valientes y arrogantes, hermosos y frágiles, serían los testigos perfectos para aquel encuentro premeditado.

La había citado en el puente de San Martín y él mismo se había presentado media hora antes. La mañana avanzaba del frío al fresco, pero él sudaba dentro del gabán que había venido con él desde Italia. Tantos viajes, tantos tumbos por el mundo para terminar volviendo al lugar del cual habían salido, si podían dar crédito a lo que le habían contado.

Dos mujeres acababan de empezar a cruzar el puente. Él sintió una convulsión.

—¿Es ella? —preguntó el poeta.

—Sí —contestó —el, con la boca repentinamente seca—. Supongo que la otra será...

—Su carabina, claro —dijo Gustavo—. Parece, entonces, prudente... Pero mira, muchacho. Míralas bien. ¿Ves cómo caminan, qué porte tienen, cómo llevan la barbilla levantada como si el mundo les debiera pleitesía? Uno se siente de repente pequeño al verlas, ¿verdad? Pero, fíjate: mira esas faldas tan tristes, que no se ven desde hace quince años; la sombrilla ni está ni se la espera, y ese velo de mantilla que lleva la más baja tiene pinta de reliquia de la abuela. Nadie pretende que una dama se encierre en el miriñaque para un paseo por el campo, pero... Dudo mucho que posean miriñaque, que sepan siquiera lo que es un baile como no sea de oídas.

—¿Y? —preguntó el muchacho.

El poeta sonreía.

—Que todo eso no te importa. Ay, ninguna ninfa necesitó nunca de artificios ni sedas para fascinar a un mortal.

Cuando ella empezó a cruzar el puente estuvo tentada a darse la vuelta y regresar a casa, olvidarse de la nota, de la golondrina y de la curiosidad. Esa asesina de gatos podía cebarse también con ella, pero según Claudia en esa nota no había nada más que anhelo, fascinación y búsqueda. Pero ¿qué anhelaba, qué buscaba aquel hombre, aquel enemigo viejo?

Lo que aleteaba en su vientre no tenía miedo, desde luego. Tiraba de ella sobre las piedras grises, hacia el inhóspito terreno del otro lado del río, tan yermo y pedregoso, donde sólo se podía adivinar el verde tras las tapias de los cigarrales.

Claudia iba agarrada de su brazo. Habían tenido que adecentar un mantón de lana para poder salir las dos a la calle a la vez. Claudia lo llevaba echado por la cabeza y sobre los hombros, a modo de matrona o de dueña; sus guantes eran de dos pares diferentes, pero ella insistía en que nadie se iba a fijar en eso. Ella llevaba sobre los hombros el manto recién remendado —la mitad superviviente de una falda había obrado el milagro— y el velo negro de la abuela cubriéndole la cabeza, prendido en el moño con el único peinecillo de carey que les quedaba. Habían intentado abultar un poco sus faldas, a la moda, pero las enaguas no podían obrar milagros.

A Claudia todo aquel proceso la había divertido muchísimo. Hasta había preparado pañuelitos de batista.

Los vieron las dos a la vez. Ella levantó la cabeza, desafiante; apenas sí se dio cuenta de aquel gesto que la hacía parecer una emperatriz romana, pero Claudia sí. El Méndez venía acompañado de un hombre de pelo negro crespo y barbita ínfima, triste y con ese temblor en la sonrisa de quienes están donde no deben.

Los gabanes que llevaban eran buenos. Nuevos. Ella se sintió otra vez pobre, venida a menos; como siempre que le ocurría aquello, levantó aún más la barbilla.

—Buenos días —saludó el Méndez—. Me alegro de que hayáis venido.

—Esta es mi hermana Claudia —dijo ella—. A mí me puede llamar...

—Aureliana —interrumpió el acompañante—. Es un buen nombre. Permitidme: mi nombre es Gustavo Adolfo, y este es...

—Méndez —interrumpió ella, inesperadamente conforme con el nombre—. Es un buen apellido, si le gustan a usted estas cosas. Si por el nombre de mi familia prefiere llamarme, mejor que lo transforme: Aurelia será más conveniente.

—Como desee usted, Aurelia —dijo Méndez—. ¿Subimos, entonces?

Claudia se soltó de su brazo y se puso junto a Gustavo. Empezó a hablarle, en su voz firme y calmada, señaló un pájaro. El pobre hombre echó a andar junto a ella, ignorante; Aurelia sonrió y se volvió hacia Méndez.

—¿Por qué golondrinas? —preguntó, y echó a andar tras las carabinas.

Méndez, con las manos juntas tras la espalda, se puso a su altura en dos zancadas. Parecía muy elegante. Aurelia sintió, de repente, miedo de que se notasen los zurcidos de los codos de la blusa, así que se arrebujó aún más en el chal.

—Creí que le parecerían un buen presagio. Se consideraba que daban buena suerte.

—¿En Roma? —dijo Aurelia.

—Sí, en Roma. Se cuenta que Aurelio eligió Roma.

—Y que Hermenegildo huyó más allá de la frontera de Germania.

—Así que también tenéis historias.

—Claro. Pero yo los llamaría hechos.

El Méndez suspiró. Aurelia vio cómo Claudia volvía la cabeza con disimulo. Habían cruzado el camino y empezado a subir la senda que iba hacia la ermita de San Jerónimo, donde los almendros salvajes ya estaban en flor.

—Dicen nuestras historias, que vuestro objetivo es... destruirlo —dijo el Méndez, no sin dificultad.

—Nuestras crónicas hablan de que Hermenegildo quería enmendarlo.

Aurelia empezó a sentir un peso incómodo en el alma. No había acudido a la cita para hablar de lo que les separaba. ¿O sí? Tampoco tenía mucha experiencia en interacciones sociales más allá de ir al mercado a ver qué podía llevarse a la olla, hipnotizar monjas para poder campar a sus anchas por los corredores que las pobres mujeres ignoraban que se abrían en sus conventos y acudir a los funerales de los vecinos que alguna vez se habían portado bien con ellas.

La abuela había ido a bailes. A fiestas. En Madrid, con los franceses. La abuela sabía tratar a la gente.

A la gente *normal*.

Claudia se detuvo, unos pasos más adelante, y se volvió junto a Gustavo.

—Mire, poeta, la Ciudad Imperial —dijo Claudia, bien alto, y señaló la silueta callada de la urbe—. ¿Qué siente un literato ante tanta historia agazapada, en pos del olvido?

Gustavo suspiró.

—Ah, nada he de sentir, pues no estoy aquí —dijo—. Estoy, o debería estar, en Veruela, con mi hermano. De hecho, ahora mismo debería estar en el claustro, y decirle lo de siempre: ¡Valeriano, píntame guapo! Porque aunque mis palabras queden para la posteridad, prefiero que en el futuro recuerden, no imaginen, mi rostro, aunque el que perdure sea uno fruto de una perfección imaginada.

Aurelia no pudo evitar fruncir los labios en cierto disgusto.

—¡Oh, un poeta misterioso, envuelto en contradicción! —exclamó Claudia, con una risa que hizo despertar cientos de crisálidas—. Qué preocupación tan mundana, la de la posteridad.

—La posteridad recordará de nosotros lo que le contemos, señorita —dijo el poeta—. Por eso es importante cuidar las palabras que se quedan escritas y las imágenes que nos han de representar.

—Poco control tiene uno de lo que refleja un daguerrotipo —dijo Claudia.

La sonrisa del poeta fue amarga.

—Pocos daguerrotipos se hacen ya, me temo —dijo—. Ese demonio de la fotografía, la albúmina, lo está invadiendo todo. ¿Qué sentido tiene una imagen de lo que nuestros ojos ya ven? Sólo el pintor puede enseñarnos la belleza que oculta la realidad, regalarnos los colores que dotan de vida al paisaje, enseñarnos a mirar más allá de lo que vemos...

—¿Seguro? —dijo Claudia—. Quizá un día las lentes sean más perfectas que nuestros pobres ojos... De todas formas, ¿qué nos importa lo que piense de nosotros la posteridad, si el futuro no tiene poder sobre el presente?

—¡Al contrario! —exclamó el poeta—. Es el futuro lo que condiciona cada uno de nuestros pasos... Asegurar el sustento de nuestros hijos, la pervivencia de nuestros logros, una vida mejor y más plena para los que vienen detrás...

—Es egoísta entonces pedirle a la posteridad algo a cambio de lo que hacemos para calmar nuestra conciencia...

El poeta replicó algo, pero Aurelia no pudo entenderlo porque dieron la espalda a los edificios y echaron a andar de nuevo. Los siguieron. Aurelia estaba sorprendida y encantada con la locuacidad de Claudia, el color que había vuelto a sus mejillas y el brillo de sus ojos. Se preguntó cuánto duraría. Al menos, podrían atesorar el recuerdo de esa mañana para volver a él si las cenizas y el silencio plomizo la engullían de nuevo. Como al abuelo.

Ese recuerdo no era curativo, sino peligroso como el filo de un cuchillo oxidado.

—Decía mi abuelo que lo mejor que podíamos hacer caso de dar con un Méndez era matarlo —dijo Aurelia.

Él no se inmutó.

—Vaya. Mi abuela decía que lo mejor que podíamos hacer si nos encontraban los Aurelianos era huir, escondernos y esperar a que pasara la tempestad.

El paseo había continuado con un intercambio de frases corteses; el clima, la reina, los franceses. Aurelia empezaba a cansarse. Si no hubiera sido por la siempre sorprendente estampa de los almendros salvajes, floreciendo sin los desvelos de ningún agricultor, se habría dado la vuelta y se habría marchado. Sin embargo, tras un silencio especialmente largo en el que sólo pudo mirar al suelo —los zapatos de Méndez, impecables, se iban manchando poco a poco; los suyos, heredados, con dos tipos distintos de botones de cada una de las veces que los había llevado a arreglar, agradecían las manchas que disimulaban su estado— se paró junto a uno de los árboles.

—Esto no tiene sentido. No sé qué hago aquí, qué estamos haciendo aquí, conversando como si no tuviéramos el peso del destino del mundo sobre nuestros hombros. ¿Tienen razón sus cuentos o mis documentos? ¡Ay, qué tonta he sido!

Se dio la vuelta y dio dos pasos, pero tuvo que detenerse. El sollozo que le cerraba el pecho era demasiado grande como para andar y parecía que se le había olvidado cómo respirar.

—Usted lo siente así también —dijo Méndez—. Lo vi en sus ojos. Lo injusto de esta herencia, el tener que enmendar los errores de nuestros mayores, esos que no son más que nombres, leyendas... El destino de uno solo.

—Abandona la cortesía, Méndez. Dos milenios de conflicto nos permiten tutearnos —replicó ella, con la voz entrecortada—. Enmendarlos, destruirlos... ¿Quién está en lo cierto y quién está equivocado?

—¿Qué más da? Ambos son una condena, un poder que no has pedido, un castigo cruel por algo en lo que no tuviste voz. Ni nombre...

—No hay nombres, sólo el cargo —murmuró ella, y se giró hacia Méndez. Había lágrimas también en el rostro del joven.

El deseo brotó de su pecho indómito como un torrente de montaña: limpiar, curar esas lágrimas silenciosas. No sabía cómo y tanto le sorprendió ese impulso que se quedó paralizada, sin poder seguir siquiera llorando ella misma.

El árbol florecido se estremeció de repente, atravesado por una brisa imprevista. Los pétalos blancos temblaron y muchos se desprendieron, en forma de mariposas, y se alejaron con el viento que los había despertado. No todos: una frágil mariposa blanca fue a posarse en la mejilla del joven, sobre el rastro que habían dejado sus lágrimas. Aurelia sintió en las puntas de los dedos, bajo los guantes, la piel húmeda; en la lengua, el sabor del llanto ajeno. La mariposa echó a volar tras sus hermanas un momento después y Aurelia se atrevió a mirar de nuevo a los ojos a Méndez, aunque sabía lo que podía pasar.

—¿Este es tu poder de destrucción? —preguntó Méndez.

Aurelia apartó la mirada. Ahora tenía calor; un calor que le encendía las mejillas y se irradiaba hacia la garganta, como si acabara de tragarse un carbón encendido o el sol de un remoto universo.

—Igual que mi corazón late sin preguntarme, así mi sentimiento vuela sin que mi voluntad tenga nada que hacer al respecto —respondió ella.

Méndez se acercó un paso. Si Aurelia hubiera extendido la mano, habría podido tocarlo: posar su mano sobre la manga del abrigo elegante, marrón oscuro. Se preguntó dónde estaría la línea, dónde ya no habría vuelta atrás: ¿al tocarlo, levemente? ¿Al rodear su cuello con los brazos? ¿Al mirarle a los ojos? ¿Al rozar la mejilla, perfectamente afeitada, con su propia mejilla encendida? ¿Al entreabrir los labios, antes de que llegaran siquiera a tocarse, al aceptar en su fuero interno ese beso que anhelaba desde antes de haber escuchado siquiera su voz?

Entonces lo entendió. No había línea. Nunca la había habido. Desde el mismo momento en que el destino los había hecho cruzarse en Zocodover, la sentencia inapelable había sido pronunciada.

Miles de mariposas blancas cruzaron el paisaje. Hasta dónde llegaba aquello, no podría decirlo Aurelia; su sentimiento se expandía, se extendía. Volaron pétalos de almendro, gotas de rocío, vapor del río, telas de araña, pompas de jabón, cualquier materia lo bastante etérea como para elevarse con la brisa del amor, para no resistirse a ser transformada en alas libres que buscasen el gozo de volar en el cielo infinito. Incluso la última lágrima de Méndez desplegó las alas y revoloteó entre ellos, antes de ascender más allá de dónde podía llegar el más intrépido de los pájaros.

Vio a Claudia acercarse hacia ellos, corriendo, gritando. No pudo oír bien sus gritos y pronto dejó de ver también, una bendita neblina gris la cubrió, un sopor dulce la envolvió, y se sintió volar ella también.

## *Hora de la espera cruel.*

—Tienen ustedes una casa muy bonita.

El poeta se había sentado en una silla de madera noble, de patas torneadas y volutas limpísimas. Méndez, aunque tenía una silla preparada, no podía sentarse. Paseaba de un lado a otro de la habitación, de la puerta a la pared, con pasos lentos y pausados, con la cadencia de los latidos de un corazón cansado.

Tras dejar a Aurelia en la cama, inconsciente, el joven se había permitido contemplarla. En aquel escenario inverosímil, aquel retazo de intimidad en el que sentía que no debía adentrarse, cuyas puertas sólo se le habían abierto por causa de la emergencia, de la catástrofe que todo lo pone del revés, ese pequeño vistazo le parecía un pecado terrible: como si se estuviera saliendo de la tarea encomendada, saltándose las normas no escritas de la decencia.

El recuerdo de lo visto aquellos breves segundos lo perseguía ahora, mientras vagaba sin rumbo por la habitación. Aurelia parecía dormir. Sus labios entreabiertos profetizaban un encuentro imprudente, deseado, tibio. Méndez lo había sentido también cuando las alas de las mariposas le habían rozado la cara; miles de besos voladores se habían escapado hacia el azul infinito sin que hubiera podido terminar de entender lo que estaba pasando.

Méndez se detuvo. El mapa y la misión se habían escapado también de su mente, por primera vez desde que muriera su madre, durante horas. Entendió, súbitamente, la insistencia de sus mayores, de los diarios y las cartas, en mantener el corazón frío y el alma acorchada, en no abrir ni un resquicio la puerta a esos sentimientos que hacían sentir que no importaba nada más.

Sin embargo, a Méndez le parecía que todo tenía más sentido que nunca. Al ver a Aurelia tumbada sobre la cama, con los ojos cerrados, sin saber si volvería siquiera algún día despertar, fue cuando él entendió el verdadero alcance de aquello con lo que siempre le habían amenazado. El fin del mundo.

Durante años, lo había imaginado como un mar de fuego y bolas incandescentes cayendo sobre las ciudades y arrasando con la vida de miles de personas. Se había imaginado desiertos de ceniza, inundaciones: rayos, truenos, borrascas horribles. Ahora, el fin del mundo tenía otro rostro: la faz de Aurelia pálida, la incertidumbre de saber si volvería escuchar su voz algún día, el terror al saber que la muerte le alcanzaría algún día a él también, o peor: a ella antes que él.

Así, su misión reveló de repente su verdadera magnitud. No era ya una obligación, una herencia impuesta a través de los siglos, sino un deseo que se abría paso desde el fondo de su alma: salvar este mundo para poder vivir en él una vida completa. No, no sólo eso: salvar este mundo para Aurelia, para que las mariposas de su amor volaran libres a través del cielo azul, para poder enviar golondrinas a su ventana, pájaros cómplices que pronunciaran su nombre, que la llamaran. Para observar su sonrisa a través del cristal y disfrutar de los breves momentos en los que, mientras la esperara en la calle, anhelase el abrazo inminente.

El poeta callaba mientras Méndez paseaba sobre la alfombra. A Méndez no le molestaba su silencio, casi lo prefería: tenía mucho que pensar. Tenía que encontrar el mapa cuanto antes, encontrar aquello que debía curar.

Cuando Claudia apareció con las viandas, el poeta sonrió.

—No os preocupéis por mi hermana. Insisto: no es la primera vez que le pasa. Estará bien en un rato.

—¿Estás segura?

—Sí, lo estoy. Su poder es impredecible. Las emociones la afectan mucho más que cualquier otra persona. Supongo... que te pasará lo mismo —añadió mirando a Méndez.

—No. Yo no soy capaz de hacer... lo que ella hace.

En la bandeja había algunos bizcochos, una jarra de agua y tres vasos.

—Comed algo —pidió Claudia—. Ha sido un día muy agitado para todos.

Méndez asintió educadamente y tomó aire antes de hablar. Ahora o nunca.

—Sé que probablemente sea algo contra lo que os habrán prevenido a vosotras también toda la vida —dijo Méndez— pero creo que debemos colaborar.

La expresión de Claudia apenas cambió. Sin embargo, fue como si un muro de cristal invisible la envolviera de repente. Méndez pudo sentir el frío que emanaba.

—¿Colaborar? —preguntó Claudia—.¿Colaborar en qué? No perseguimos el mismo objetivo.

Méndez volvió a tomar aire. Había discutido consigo mismo al respecto toda la vida. Nunca había soñado ni con tener la oportunidad de intercambiar pareceres con sus rivales eternos ni con aunar el valor suficiente para hacerlo.

—Sí. Sí que lo hacemos —dijo Méndez—. Queremos preservar este mundo. Queremos evitar que se cumplan las profecías, que la maldición de nuestros antepasados alcance toda su extensión. Por lo que yo sé, son los medios para alcanzar ese objetivo lo único que nos separa. Estoy convencido de que podríamos hacerlo juntos.

—Ya se ha intentado —dijo Claudia—. Seguro que vosotros lo sabéis también. No salió bien.

—Lo intentaron otros —dijo Méndez—. No nosotros.

—En nuestras instrucciones se habla de dos intenciones, pero del destino de uno solo —insistió Claudia.

—También creímos durante siglos que por "Ciudad Imperial" se referían a Roma. A Aquisgrán. A Venecia.

—Oh, en eso puedes hablar por vosotros —dijo la Aureliana—. Mi familia lleva siglos aquí.

—Pero no estuvo aquí siempre —replicó Méndez.

Claudia se sentó en la silla. Sus movimientos eran tan elegantes que parecía que estuviera siempre en medio de una danza que los demás no podían comprender. El lugar que ocupaba parecía ser siempre el preciso: nunca estaba en el camino de nadie, todo parecía estar siempre en su sitio alrededor de ella.

—Nos hablaron de que vuestra esperanza sería vuestra perdición —siguió Claudia—. Que, si sucumbíamos a ella, también sería la nuestra.

—A mí me han prevenido sobre vuestra brutalidad —dijo Méndez—. Vuestras ansias de destrucción.

¿Quién podía creerlo ahora? ¿Cómo pensar en Aurelia como una bestia sedienta de sangre, como un verdugo impío, tras haber visto a su amor levantar el vuelo?

La voz de Claudia tembló ligeramente cuando contestó.

—La destrucción del mal a veces es el único camino.

—Ni siquiera sabemos si es un mal. No podemos decidir si destruir o curar sin saber a qué nos estamos enfrentando. Se ha hablado de bestias, se ha hablado de seres, se ha hablado de... *entidades*. Se ha escrito en tantos idiomas que es imposible saber a qué se estaba refiriendo en realidad.

—Si me permitís la intromisión —dijo el poeta— creo que no se debería tomar ninguna decisión hasta saber exactamente a qué os enfrentáis. Es lógico, sin embargo, que si ambas familias lleváis mil años persiguiendo el mismo objetivo y por separado no lo habéis logrado, penséis en una colaboración. Dicen los sabios que la locura no es más que repetir una y otra vez los mismos errores esperando un resultado diferente: démosle una oportunidad, entonces, a la cordura. Colaborad juntos para encontrar el objeto de vuestros desvelos y, una vez descubierto de qué se trata, decidid cuál de los dos caminos es el más adecuado.

—¿Y si no nos ponemos de acuerdo? —preguntó Claudia, tras girarse hacia el poeta. Así vista, de perfil, Méndez la vio majestuosa como una emperatriz de

Capitolio; podría haber sido acuñada en monedas que circularan en todo el Imperio, pues su efigie sólo merecía metales preciosos para ser inmortalizada.

—Si no os ponéis de acuerdo... —empezó a decir Gustavo—. Bueno, entonces el conflicto quizá sea inevitable. Mientras tanto, ¿qué podéis perder? Sé que, como buenos paganos, no os plegáis a las enseñanzas caritativas de Nuestro Señor, pero vuestros pensadores perseguían la rectitud y la decencia. No estáis acostumbrados a la fe, a creer en lo que no podéis ver... Pero nunca es tarde para empezar.

Claudia volvió a girarse hacia Méndez y permaneció en silencio mirándolo a los ojos. Donde había bronce en la mirada de Aurelia, en la de Claudia brillaba un jade lechoso que recordaba a la suavidad de la piedra pulida por la caricia continua del tiempo, la paciencia, la perseverancia. Unos instantes después, la mujer asintió.

—No es a mí a quien tenéis que convencer —dijo en voz más baja—. Pulid vuestros argumentos para cuando despierte mi hermana.

*Hora de la grieta tenebrosa.*

Cuando Aurelia despertó, sonreía. Había estado volando. Había volado alto, a través del cielo azul; el mundo abajo era un tapiz de colores y texturas combinados de la forma más bella posible. ¿Cómo podía existir tanta maravilla? ¿Dónde había estado toda esa luz? Toda su vida había caminado entre esos árboles, había visto esas flores abrirse en primavera, había sentido los copos de nieve sobre su cara en invierno, los rayos de sol en verano... Pero no significaban nada. Ahora, cada color parecía contener las respuestas a todas las preguntas que no se había atrevido a hacerse desde que tenía uso de razón. ¿Por qué? ¿Para qué? La sucesión cíclica de las estaciones ya no era una rueda monótona, sino una colección de oportunidades, de días únicos, todos presentándose ante ella, cada uno con sus propias peculiaridades, con su propia magia, con su emoción.

Aún volaba sobre esa sensación cuando se sintió de repente acompañada. No tenía por qué volar sola. Podía compartir toda aquella belleza, todas esas oportunidades. El mundo, hermoso y lleno de maravilla, se volvió de repente un sueño hecho realidad.

Sin embargo, la sensación se esfumó cuando sintió la pesadez de la manta sobre sus piernas. Abrió los ojos y los desconchones de la pared le recordaron dónde estaba, quién era y lo que tenía que hacer. Una congoja infinita la embargó. ¿Qué podía hacer ahora? ¿Por qué tenía que renunciar a toda esa maravilla? No había pedido su misión. Apenas había podido elegir nada a lo largo de su vida. Y mucho menos la misión... la misión de destruir.

Al incorporarse, las lágrimas resbalaron por sus mejillas. Cayeron sobre su blusa. No: si quería descubrir ese mundo que se extendía ante ella, si quería tener la oportunidad de no hacerlo sola, tenía que acabar primero la tarea para la cual había nacido. No quedaba otra.

Suspiró mientras terminaba de recomponer sus últimos recuerdos. Se había desmayado otra vez. Supuso que el poeta o el mismísimo Méndez la habría traído a casa en brazos. Menos mal que se había llevado a Claudia con ella. ¿Cómo había pasado? Hacía años que no le ocurría, que no perdía el control de esa manera. Bueno, hace años que no se permitía sentir de esa manera. Desde la muerte de su madre, el vacío y las cenizas habían cumplido bien su papel. Era más eficiente y sentía más útil para la misión.

Se levantó de la cama. Claudia le había quitado las botas, pero volvió a ponérselas para bajar. Supuso que ellos seguirían allí, preocupados. Sintió a partes iguales calidez, al pensar en Méndez preocupándose por ella, y una vergüenza infinita por haberlo hecho preocuparse.

Bajó las escaleras, olvidando sus dones y haciendo que la suela de sus botas resonara bien fuerte contra la piedra. Sería más fácil que anunciar su presencia con palabras. No quería pillar a nadie por sorpresa. La puerta del saloncito estaba entreabierta y, dentro de él, su hermana parecía departir animadamente con Méndez y el poeta.

Claudia se levantó y se le acercó para cogerla de las manos.

—¿Estás mejor?

—Sí, estoy mejor. Supongo que... el cansancio del paseo ha hecho mella en mí.

—Quizá haya sido la belleza del paisaje —dijo el poeta—. A veces, el cuerpo no puede soportar las maravillas de este mundo.

Méndez no dijo nada. Se limitó a ofrecerle un vaso de agua, completamente serio.

Cuando ella cogió el recipiente entre las manos y asintió en señal de agradecimiento, él pronunció tres palabras terribles; tres palabras que contenían la promesa de todo el bien y todo el terror de la existencia humana.

—Tenemos que hablar.

*Hora de la certeza baldía.*

Al principio, había llorado.

Después, ya sin lágrimas y sin voz, había creído morir. Un peso terrible, el peso de toda una vida descartada de un plumazo, le oprimía el pecho. No le dejaba respirar. Sólo el abrazo de Claudia y el murmullo incesante de las palabras que no significaban nada, su canturreo tranquilizador, habían conseguido apartarla de aquel horror.

Ahora sólo había vacío. Una vela ardiendo. El silencio de la noche.

La misión.

*Hora del alma craquelada.*

Méndez caminaba varios metros por delante del poeta, con la decisión suicida de quienes creen que han perdido todo menos la esperanza. Gustavo no decía nada; no esperaba nada. Lo que podía parecer un nudo en el tapiz del destino quizá era sólo el comienzo de otro dibujo, otro patrón. Habría que esperar para saber de qué se trataba.

Méndez se detuvo bajo un dintel de piedra. El suelo de la calle estaba mojado; probablemente, por una breve lluvia primaveral de la que no habían tenido noticia, inmersos como habían estado durante todo el día en sus propias cuitas.

—Tiene miedo —dijo Méndez.

—Tú también tienes miedo —dijo el poeta.

—Es desgarrador —dijo Méndez— no poder proteger a quien amas de sus propios demonios.

—La decisión de recorrer ciertos caminos ha de tomarla uno solo —dijo el poeta—. Sin embargo, esos mismos caminos se pueden recorrer acompañados.

—Es lo que he intentado hacerle ver.

—Tu terror es fundado —dijo el poeta—. Lo sabes.

—Sí, supongo que para ella es menos terrible cortar el vínculo ahora que verse obligada a destruirme a mí también si se presenta la ocasión.

—No se corta un vínculo así como así.

Méndez se tragó un sollozo y lo transformó en palabras.

—Lo sé. Hemos ido imprudentes. He sido imprudente. Nunca debí enviar la golondrina. Nunca debí tentar al destino así.

—Deber, deber —dijo Gustavo—. No hay manuales. Nadie te enseña.

*Martes.*
*Hora del vacío injusto.*

Las copias que Claudia había hecho del mapa, con esmero y minuciosidad, languidecían sobre la mesa de la biblioteca. Aurelia apenas las había mirado. Todo lo que hacía desde aquel domingo funesto era sentarse en el patio, aunque aún hiciera frío, mirar las yeserías ajadas y callar.

Aunque no pronunciaba palabra, no cesaba ese discurso interno que intentaba convencerla de que había hecho lo mejor. Lo que la prudencia, la tradición y el sentido común exigían, lo que la razón apoyaba.

Lo mejor para la misión.

La misión, siempre. La dichosa, la maldita misión. Toda su existencia había girado en torno a la profecía, a elucubrar de qué se trataba, qué sería lo que estaba destinada a destruir, a prepararse para cualquier eventualidad: una idea, una persona, una bestia sanguinaria. Todo por reparar el daño que sus antepasados, imprudentes, habían cometido creando la profecía. Dándose prisa por encontrar dónde la habían escondido, para poder acceder a ella antes de que...

Antes de que la encontrara esa otra parte de sus ancestros, esa que pensaba que había que arreglar la profecía, no destruirla.

¡Qué tremenda confusión, qué catástrofe! Ese verbo maldito, ese "encargarse" de la profecía, tan abierto a interpretaciones. No; enamorarse del depositario de la segunda interpretación no podía ser bueno para la misión.

Y, sin embargo…

Aurelia suspiró. Dejó a su mirada vagar por las curvas sinuosas de la yesería maltrecha que enmarcaba la puerta del comedor, deteniéndose en los huequecillos de la esquina derecha, la que estaba pegada al muro, aquella a la que nunca daba el sol, donde podían adivinarse aún los recuerdos del azul y el rojo intenso.

Aunque pequeño, aquel patio era el corazón de su hogar. La misma silla en la que ahora se sentaba había servido de trono a su madre, quizá incluso a su abuela. Allí había aprendido a coser, a leer y a controlar un poder que los demás no tenían. Allí volaron las primeras mariposas. Allí se estaba secando ahora su corazón. Su recuerdo estaba vacío, de forma que la tristeza reverberaba en él como un eco ininteligible, que se iba desvaneciendo en el silencio inevitable.

Para ser lo mejor para la misión, su decisión la había abocado a no hacer caso ninguno a sus obligaciones, ahora que se había hecho con ese ansiado mapa que les había llevado dos generaciones localizar y conseguir.

—Chiquitusa…

Aurelia volvió la cabeza. No había oído a Claudia llegar.

—Ya lo sé —dijo Aurelia—. Ya lo sé.

Claudia venía con otra manta. Se la puso a Aurelia por encima.

—Ay, chiquitusa, me parte el alma verte así. ¿Sabes? He hecho chuletas de huerta…

Por la puerta de la cocina se escapaba un olor que en un primer momento le costó identificar. Antes de ser capaz de ponerle nombre, sintió el bienestar, la protección, el alivio. Chuletas de huerta... Pudo entonces distinguir el olor de las patatas, del ajo, del pimentón. Fue ese olor penetrante a hogar, a cariño y a promesa de banquete lo que la hizo sonreír.

—Gracias, Claudia —dijo, y se levantó, con cuidado de que las mantas no arrastrasen por el suelo—. No sé qué haría sin ti.

—Si no nos cuidamos entre nosotras, estamos perdidas —dijo Claudia, mientras le rodeaba los hombros con el brazo.

Echaron a andar hacia la cocina.

—Debería ser fácil, ¿verdad? —dijo Aurelia—. Amar. Debería ser... Sencillo.

—Y lo es —dijo Claudia, con voz más baja, como de confidencia—. Ay, chiquitusa, ¿no lo ves? Lo que te está resultando tan complicado es, precisamente, el no amar.

*Hora del miedo ciego.*

—Y vas a quedarte ahí sentado.

El joven no levantó la mirada de la alfombra. Las palabras de Elvira le parecían lejanas, difusas, abstractas.

No; no le parecían relevantes. Proteger un mundo que no podía compartir con Aurelia se le antojaba absurdo.

—Su alma atraviesa un invierno crudo, el más terrible al que se enfrentan los mortales —intervino el poeta—. Como lo osos, es normal que desee hibernar.

Descansar, olvidarse de la vida consciente... No asomar su hocico hambriento hasta que empiece a oler la primavera.

—Sabía que era mala idea mezclarnos con los Aurelianos —gruñó Elvira, y se dejó caer en el otro sillón—. Tus caprichitos nos van a costar la misión.

—Ah, creo que a nuestro muchacho la misión le importa poco ahora —dijo Gustavo—. Si te hubiera mordido la serpiente del amor, Elvira, lo sabrías.

—Veneno —siguió Elvira. Soltó un gemido lleno de significado, aunque no estaba destinado a ser interpretado. Colocó la pierna izquierda sobre el brazo del sillón, en una postura que habrían censurado varias generaciones de esas personas que se llamaban a sí mismas "gente de bien"—. Una condena a muerte, hermano, lenta y dolorosa. Deberías haberlo evitado por todos los medios.

—No está en manos de uno elegir en estos casos —dijo Gustavo.

—Es en momentos como este en los que mi condición me parece más una ventaja que una condena —dijo Elvira, bajando la voz—. Eso que llamáis alma os hace arrastraros más que volar.

Ahí sentada parecía un ave aburrida, una criatura indolente que se estuviera atusando las plumas. Había empezado a juguetear con un rizo, enroscándolo en el dedo índice, y detrás de sus ojos oscuros no había expresividad alguna.

—No sabes lo que dices, Elvira —dijo el poeta, y bajó la mirada a la alfombra. También su voz se hizo más baja, más oscura—. Volar, bailar, vivir. El amor cambia la perspectiva de la existencia, quizá su esencia misma. No sabes lo que es la soledad hasta que no has amado... Hasta que el susurro de la lluvia es capaz de devolverte la vida.

En el páramo de pavesas frías en que se había convertido su alma, el joven empezó a sentir levantarse una leve brisa. Una corriente de aire viejo, casi viciado, portadora de leyendas marchitas, hizo que levantara la mirada para contemplar con cuidado a su hermana.

Su hermana...

El poder que habitaba el cuerpo de aquel bebé rosa y sollozante que le habían presentado a los seis años distaba bastante de ser fácil de controlar. Él lo conocía bien: era como el suyo propio.

Sin embargo, Elvira... Recordaba.

A veces hablaba de cosas como si hubieran pasado ayer, sin darse cuenta de que habían ocurrido hacía miles de años. Nombraba a Aurelio y a Hermenegildo, al poder de Ceres, aquella conjunción inverosímil que había tenido lugar hacía tanto, tantísimo tiempo... Al bizantino. Hablaba de descubrir a las helenas, de asumir como suya la misión de encontrar lo que guardaban, de la escisión cuando ya se había deshecho el Imperio de Occidente.

Mirar a Elvira le hacía pensar en lo que él mismo era.

—Ya no tiene sentido —murmuró. Se levantó y se acercó a la chimenea.

—Ya no tiene sentido... ¿qué? —preguntó Gustavo.

—Nada —dijo Méndez—. Nada tiene sentido. Tú lo entiendes, Gustavo, tú...

—¿Tu alma desprovista de esperanza, dices?

Méndez dio un puñetazo en la repisa de la chimenea.

—¡Todo! —exclamó—. El mundo, mi vida, ¡todo! ¿Qué estamos haciendo, arrastrando una responsabilidad que no es nuestra? ¡No hemos pedido esto! ¡No he pedido esto!

Elvira se levantó también. No se puso en pie: se irguió y se elevó sobre el sillón hasta quedar suspendida a medio metro sobre el suelo. Las llamas de la chimenea se volvieron azul índigo en un instante.

—Honrarás la promesa de nuestros antepasados —dijo, en un idioma que resonó en el pecho de Méndez, uno que el poeta no podría entender—. Harás todo lo posible por salvar esta existencia mezquina de las argucias de las arpías de Estigia. Eres el único con el poder de curar.

Méndez le sostuvo la mirada a su hermana.

—Quizá no quiera —amenazó—. Quizá desee que el universo entero sea partícipe de mi dolor.

Pequeños relámpagos empezaron a formarse alrededor de los puños cerrados de Elvira.

—Gustavo —dijo ella, volviendo al joven idioma castellano—, quizá quieras salir de aquí ahora.

El poeta se levantó del sillón en el que había permanecido petrificado y huyó.

*Hora del amor verdadero.*

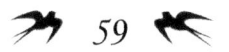

Se habían pasado un par de horas jugando a las cartas después de cenar. Al principio, en silencio; poco a poco se habían ido animando algo más. Jugar con Claudia siempre exigía un esfuerzo añadido: tenía que tener cuidado con sus emociones, porque su hermana podría sentirlas también si eran lo bastante intensas, y deducir si llevaba buenos o malos naipes.

Cuando se escuchó reír a sí misma tras ganar por tercera vez seguida, Aurelia se dio cuenta de algo.

—Es eso lo que estoy haciendo mal —dijo en voz alta. Dejó las cartas boca abajo sobre la mesa.

—¿El qué? —preguntó Claudia.

—Intentar no amar —siguió Aurelia, con la mirada perdida en las sombras del candil—. Intentar parar el dolor arrancándome lo que ahora es una parte de mí. No... Si no debo entregarme al amor, si debo apartarlo por el bien de ambos y del mundo, que así sea: pero no puedo dejar de amarle.

Los naipes que estaba tocando se deshicieron. El cartón manoseado se convirtió en motitas que aletearon y se elevaron lentamente hacia el techo, volando en espirales cada vez más amplias.

—¿Y?

—Quiero que viva... Que tenga la oportunidad de ser feliz... Y, para eso, necesitará un mundo en el que existir.

Aurelia se levantó. Las mariposas de cartón la rodearon y ella sonrió.

—¿Qué vas a hacer? —preguntó Claudia.

Aurelia levantó los brazos en un paso de danza.

—Voy a estudiar el mapa.

—¡Eres idiota! —exclamó Elvira, en cuanto el poeta cerró la puerta tras de sí. Levantó el puño cerrado; los pequeños relámpagos le llegaban ya hasta el codo.

—¿Idiota? ¡Qué sabrás tú, que no puedes amar! —gritó Méndez. Sus pies se despegaron del suelo también.

—¡Sé reconocer la derrota cuando la veo, cobarde!

El joven notó el hormigueo en las manos, en los dedos. ¿De qué valía el mundo, si no podía compartirlo con Aurelia? ¿Qué iba a hacer él en esta vida? ¿Qué iba a hacer ella si...

Sus pies volvieron a la alfombra con un ruido sordo y se tambaleó.

—Aurelia —musitó.

¿Cómo podía, siquiera por un momento, haber pensado en privarla de una vida larga en un mundo mejor?

Elvira descendió con lentitud y majestuosidad, como una diosa de los fiordos tras haber cubierto de hielo un continente entero.

—Cumplirás con tu cometido —dijo Elvira—. Invéntate las razones, dibuja los motivos fantasmales que quieras, búscate las esperanzas ilusorias que sean necesarias. El amor, el desamor, da igual. Pero cumplirás con tu cometido. No vamos a darles la victoria ahora.

—No entiendes nada —dijo él—. No hay nada que inventar aquí. Ella... Ella existe y merece la mejor existencia posible. Y yo, aunque no vuelva a verla... Si tengo la posibilidad de darle un mundo en el que ser libre de esta maldita misión, tengo que intentarlo.

—Es suficiente —gruñó Elvira. El fuego de la chimenea volvió a su anaranjado inofensivo.

—Lo es todo —dijo Méndez—. Es más que...

Sintió el dolor en las costillas antes de oír el estallido. Cayó de rodillas. Le humeaba la chaqueta. Se llevó las manos al pecho y las apartó al quemarse.

—¡Hermano! —exclamó Elvira, ya toda humanidad, agachándose junto a él—. ¿Qué pasa?

—El artilugio —gimió él. Se abrió la chaqueta. En el chaleco había un agujero rodeado por un cerco negro y humeante; los restos del aparato asomaban a través de él. Elvira intentó quitárselos y se quemó las manos también.

—¿Ha reventado? —preguntó, incrédula, Elvira; se lamió las yemas de los dedos—. Pero si estos cacharros sólo revientan si...

Se le quebró la voz.

—¡Gustavo! —gimió Méndez. Se levantó, junto a Elvira, y salieron corriendo en busca del poeta o de lo que podía quedar de él.

### *Hora de las sombras ávidas.*

Había llegado a la sombra del cobertizo a paso lento, concentrándose en los adoquines irregulares, en los charquitos pálidos que se habían formado en los huecos que los separaban durante el chapetón de la mañana anterior. En su camino sólo se había cruzado con un par de gatos, que corrían apresuradamente en dirección contraria. ¡Riñas fraternales! Qué poco peligrosas le parecían ahora las discusiones con su hermano Valeriano, al lado de lo que acababa de presenciar... De lo que podía estar aconteciendo aún.

En aquel cobertizo había un farol en el solía arder una luz tranquilizadora, capaz de delimitar las sombras bajo las vigas y de anunciar el final del pasillo de negrura, lo cual otorgaba una cierta paz al viandante que se veía obligado a pasar por ahí a altas horas de la madrugada. En aquellas horas que evocaban brujería, espectros y corazones solitarios, el poeta huía de otro peligro sobrenatural que hubiera creído, en otros tiempos, inverosímil.

Había conocido a los jóvenes Méndez en su primera incursión a la Ciudad Imperial, hacía ya casi una década, cuando eran apenas unos adolescentes desgarbados y enfurruñados y quien destacaba era la tía de ambos, Clotilde, una belleza exótica que parecía haberse escapado de una leyenda vikinga. Vivían, entonces, a caballo entre Madrid y la maltrecha ciudad despoblada; Elvira odiaba los viajes a la urbe sobre el risco y el chico... El chico tenía esa mirada de héroe antes de tiempo y fuera de su tiempo; le habría sido natural empuñar una espada y tañer una lira, pero en aquellos tiempos modernos que se empeñaban en serlo cada vez más sólo le era permitido mirar, con esos ojos sabedores de un destino inevitable. Aún no habían viajado a Italia, donde el chico se había convertido en un hombre. El poeta los había visto crecer a través de las cartas de su tía, que tenía que leer siempre buscando el sentido oculto.

En esas cartas de Clotilde pensaba el poeta cuando dio el primer paso a la sombra del cobertizo y el farol se apagó.

Llevaba demasiado tiempo en contacto con lo que se escapaba de las competencias de los científicos y enciclopedistas como para no entender inmediatamente el peligro en el que se encontraba. Trató de darse la vuelta y huir a la luz de la luna, pero tras él ya no había calle, sino otro pasillo interminable, otro cobertizo lleno de sombras, de oscuridad casi material.

Sintió cómo la negrura se cerraba en torno a él, a sus piernas, a sus brazos.

Las tinieblas le cerraron la garganta, le ahogaron el corazón y lo arrastraron a un lugar donde sus sentidos aterrados pugnaban por sentir algo en el abismo donde nada se podía percibir.

### *Hora de las tinieblas hambrientas.*

Un pajarillo de humo los había guiado fuera de casa, dos calles más al norte, hacia el cobertizo. La luz del farol se había apagado.

Ambos se detuvieron antes de entrar en la sombra de las vigas. Podían sentir...

De la línea oscura emergió la silueta primero de una mano, de la que se escapaban volutas de negrura; luego del brazo que la acompañaba, después de una segunda extremidad. Ambas se agarraron con dedos largos y temblorosos al pavimento y tiraron hasta sacar de las tinieblas una cabeza y un torso que se irguieron, que se impulsaron fuera de la oscuridad.

Con un gemido terrible, entre el llanto de un bebé moribundo y el aullido de una bestia selvática, aquello se puso en pie. Hecha de sombras, la helena parecía ocupar toda la calle, reclamar como suyo todo el espacio que abarcase la vista.

—Al fin —dijo, si es que se podía llamar hablar a aquellas palabras que venían de donde no se había escuchado nunca una voz.

Elvira se irguió ante la helena, alta y desafiante, magnífica. Levantó los dos brazos y las sombras que rodeaban a la griega se encogieron, chillando de pánico. Se le soltó el moño; una cascada azabache con el brillo velado azul y verde de las alas de un córvido cayó a su espalda, movido por un viento que no estaba allí: uno que sólo envolvía Elvira, la espiral de un poder tan antiguo que se había olvidado. Una magia que sólo aparecía en las leyendas tras el nombre de diosas que ahora se consideraban folklore, pero que había sobrevivido al hambre, a la invasión, al cruce del Rin, al colapso del mundo civilizado y a las eras oscuras de los dioses únicos; a la irrupción de la razón, al despunte de la ciencia.

—Márchate —ordenó en el idioma que ya no se hablaba.

—Venganza —susurró la helena.

—No aquí —dijo Elvira—. No ahora.

Las piedras de la Ciudad Imperial temblaron ante el peso de unas palabras más antiguas que ellas, ante la fuerza de un odio más viejo, más cruel, anegado por un tiempo de espera en el que habían nacido, crecido y colapsado imperios.

Un relámpago iluminó el callejón. La luz breve enmarcó a Elvira, a su verdadera forma, a su ser liberado de las ataduras de la carne mortal. El terror se apoderó del mismísimo Méndez, ya que el poder de su hermana se suponía que era sólo un reflejo del suyo propio: una miniatura perfecta de algo cuya magnitud él mismo nunca se había atrevido a comprobar.

La helena rio tras el paso de la luz.

—Ya tenemos una presa —masculló. Se deshizo en un enjambre de serpientes, de culebras pardas y verdes que se deslizaron en una masa burbujeante por el suelo de la calle y se metieron a través de las grietas de los adoquines, entre risas terribles.

Elvira bajó los brazos y el viento imperceptible cesó. No quedo más que la mujer joven con el moño deshecho, apariencia frágil y los ojos desencajados. Se tambaleó. El joven la sujetó por el brazo, con cuidado.

—¿Estás bien? —pregunto a Méndez.

—Sí —respondió él—. Lo estaré.

—Han atrapado a alguien —dijo Elvira.

—Noticias frescas —gruñó Méndez, y el dolor de las posibilidades, más que el de su herida, lo hizo doblarse en dos.

*Jueves.*
*Hora de la súplica breve.*

La golondrina golpeaba la ventana con un ritmo pausado, casi tímido, como las primeras gotas de lluvia pidiendo perdón por estropear una mañana que se suponía debía ser soleada. Aurelia llevaba un rato escuchándola, sin volverse, esperando a la vez que se marchara y que se quedara, que la olvidara y que no pudiera deshacerse de su recuerdo jamás.

—Aurelia.

La joven levantó la cabeza.

Aquella golondrina hablaba con la voz de Méndez. No era la repentina capacidad de vocalizar del ave ni el hecho de que la llamase por su nombre lo que hizo latir con rapidez a su corazón, sino lo que había detrás del vocativo: era algo más que añoranza: había urgencia. Había miedo.

Abrió la ventana de su habitación. La golondrina la esperaba en la baranda del balcón. Llevaba un mensaje enrollado atado en la patita derecha. La golondrina se lo ofreció mientras giraba la cabeza. Era un pájaro precioso. Su abuela decía que traían buena suerte, que no había que echarlos de casa si decidían anidar bajo el alero de una, que auguraban prosperidad, fertilidad, buenas cosechas. Aurelia se preguntó qué era lo que ella había estado sembrando toda la vida mientras le quitaba la golondrina el mensaje con delicadeza y lo desenrollaba con cuidado.

Lo leyó rápidamente. Se mordió el labio inferior, cerró los ojos un instante y volvió a enrollarlo.

—Te ayudaré— dijo a la golondrina. Después se dio la vuelta y, llamando a Claudia, salió de la habitación.

## *Hora del encuentro inverosímil.*

Aurelia no podía evitar contemplar con fascinación a la mujer que había junto a Méndez. Eran muy parecidos. Ambos tenían el pelo del mismo color oscuro, de un negro casi irreal, el azabache que sólo se encuentra en el pelaje de los animales salvajes que se esconden en las selvas ignotas y las plumas de los pájaros que son más listos de lo que parecen. En los ojos de la mujer, además, no había miedo. Carecía de la melancolía de la duda que expresaban los ojos de Méndez.

—Esta es mi hermana Elvira— dijo Méndez—. Elvira, estas son Claudia y Aurelia.

—Supongo que Aurelia es tan bueno como cualquier otro nombre —dijo Elvira.

—Es bonito —dijo Claudia—. Es como un tesoro dorado.

—Méndez es hermoso también —apuntó Aurelia, sonriente—. Lleno de significado.

—Aquel que ha de arreglarlo todo —asintió también Elvira—. Sí.

La sala de estar de los Méndez estaba presidida por un bargueño precioso, un mueble enorme de talla prolija e innumerables cajones. Aurelia se preguntó qué esconderían todas esas cajitas de madera, todos esos potenciales receptáculos de secretos, de reliquias, de objetos cotidianos. ¿Conservarían los Méndez moneditas de imperios ya extintos, como ellas, con la efigie de parientes que nunca habían conocido salvo por la historia familiar? ¿Guardarían también mechones de pelo, de los canos que despertaban ternura y los finos y etéreos que evocaban el desgarro de una madre?

—¿Nos ayudaréis a encontrar a Gustavo, entonces? —pregunto Méndez, tras un silencio algo incómodo.

—Sí —dijo Aurelia, aún perdida en sus pensamientos—. Ningún inocente se merece acabar en manos de las helenas, por lo que cuentan.

—No sé lo que os habrán contado a vosotras, pero lo que yo vi ayer se parece bastante a todo lo que no he querido nunca creer de las leyendas —dijo Méndez.

La casa de los Méndez parecía haber sido un palacio. Las habitaciones, grandes y bien ventiladas, recordaban en algo a las que ellas mismas habitaban, pero éstas estaban bien cuidadas, rematadas, sin grietas ni goteras. Había bastante polvo en los muebles y las pesadas cortinas necesitaban que las sacudieran, eso sí: parecía que no necesitaban compensar la decrepitud de su morada con una limpieza extrema y escrupulosa.

—Están hechas de sombras —dijo Claudia—. Se convirtieron en sombras de venganza. Cuando nuestros antepasados aún no habían cruzado el Rin, ellas ya ansiaban destruir a Roma.

—Y lo consiguieron —apuntó Elvira.

El vestido de Elvira, de austero terciopelo negro, contrastaba con las faldas pardas y las blusas pasadas de moda de las hermanas Aurelianas. Donde la hermana de Méndez tenía bordados azabache, ellas cubrían con broches de latón o remiendos precisos las imperfecciones que el tiempo había ido dejando en sus ropas. En el caso de Claudia, el grueso chal de lana que cubría sus hombros servía también para disimular cuánto se había desgastado la tela de la espalda.

—Pero no se conformaron con eso —continuó Aurelia—. Protegerán la profecía y a sus instrumentos más allá del tiempo. Roma no era más que otro imperio efímero. Los corazones humanos siguen latiendo y sus almas aún sienten, anhelan... Aún crean.

—Aún no me explico por qué —murmuró Elvira.

—¿Acaso importa? —dijo Aurelia.

—Importa —dijo Méndez—. Quizá... Quizá, si entendiéramos sus razones, podríamos sacarlas de su pozo terrible de venganza, de su horror, y...

—Y salvarlas —replicó Aurelia, con un tono entre incrédulo y burlón que pareció impactar como una puñalada en el corazón del joven—. Ya. Esa es la condena de vuestra familia: creéis que todo tiene remedio.

Se arrepintió al instante de su tono y de sus palabras.

—La de la vuestra es no contemplar siquiera esa posibilidad —dijo Elvira.

La tensión del silencio que siguió era espesa y caliente, sofocante.

—¿Cómo encontraremos al poeta? —preguntó Claudia, al cabo de unos momentos.

—Los... Los pájaros podrían encontrarlo —dijo Méndez—. Pueden encontrar a cualquiera que yo haya tocado.

—Y... ¿Cómo le quitamos de encima a las helenas? —preguntó Elvira.

—Pues ellas son tres y nosotros somos cuatro —dijo Aurelia, poniéndose en pie—. A poco que lo que se cuenta sea verdad, que por lo que he visto lo es, deberíamos poder atarlas, acorralarlas, o incluso...

—No tenemos por qué destruirlas —dijo Méndez, con un gruñido.

Aurelia se levantó de la silla.

—Tampoco tenemos por qué dejarlas vivir. ¿Estás herido?

Aquello no podía ser decente, ni digno, ni estar aprobado por los sínodos de ninguna religión.

—Esto no es adecuado —protestó Méndez, intentando mirar al techo.

Sus ojos se habían posado, durante un breve instante, en la línea de la mandíbula de Aurelia inclinada sobre él. Ahí, tumbado en la cama de Elvira, con la camisa abierta, se sentía más indefenso de lo que se había sentido ante las mismísimas helenas. Si aquello duraba demasiado, no sería la herida, sino un infarto, lo que acabaría con él.

—¿Por qué no ha llamado a un médico? —insistió Aurelia, apartando un poco más la camisa.

La cataplasma que le había hecho Elvira no era muy fina, pero les había parecido suficiente para evitar la infección.

—Los médicos siempre hacen preguntas —gruñó Méndez, contento de tener algo sobre lo que protestar—. Comentan lo lento del pulso, lo alto de la temperatura. Se ponen nerviosos con mis ojos...

Había una telaraña en el techo. Él se concentró en aquella seda manchada de motas de polvo; le hacía mucha falta, porque el contacto leve de las yemas de los dedos de Aurelia sobre su pecho, al lado de la herida, le provocó escalofríos.

—Lo entiendo —dijo Aurelia, con una dulzura en la voz que él no le había oído nunca antes—. A nosotras también nos pasa, sobre todo con Claudia... Sí que es una quemadura, sí.

—Te lo he dicho... El artilugio explotó en el chaleco.

—La cercanía de las helenas, ya —dijo Aurelia—. Siempre he sentido... curiosidad por vuestros cacharritos. Está muy limpia, pero la voy a limpiar otra vez.

Méndez sintió el líquido derramándose sobre la herida, sintió el dolor, pero sobre todo sintió la mano de Aurelia sobre el paño que apretaba junto a su costado.

—¡Cacharritos! —exclamó—. ¿Cómo... sabéis...?

—Mi abuelo estuvo en París con tu abuelo —respondió Aurelia, con esa dulzura tranquilizadora—. Le enseñó el reloj, le explicó lo del astrolabio, las cajas de música... Mi abuelo nos contaba todo eso con fascinación.

—Curioso... Mi abuelo no hablaba apenas de sus días en París.

—No me extraña —dijo Aurelia.

—¿Por qué? —preguntó él. La curiosidad le hizo levantar un poco la cabeza y mirarla. Aurelia se hallaba completamente concentrada en su tarea. Desde ahí podía ver los mechones rebeldes que intentaban escaparse del moño de la joven.

—Según mi abuelo, el vuestro sufrió una pérdida tremenda en los días convulsos del Emperador —dijo ella—. Es lógico que no quisiera recordar algo tan doloroso.

—Tiene sentido —admitió Méndez—. ¿También os enseñó él a curar?

Aurelia negó con la cabeza. Era casi hipnótico verla trabajar, a pesar del dolor.

—No, eso fueron mis tíos... Aprendieron en las guerras del Emperador. Antes... Nuestra familia era mucho más extensa —dijo Aurelia—. Las desgracias se abaten sobre nosotros con mucha más frecuencia cuanto más se acerca esa... Última vuelta de la estrella viajera.

—Así nos ha ocurrido también a nosotros —suspiró Méndez. Las manos de Aurelia, a través del paño, presionaban ligeramente la quemadura.

Las estrella viajera, esa que actuaba de cuenta atrás... Un cometa, lo llamaban los astrónomos. Ojalá sus antepasados hubieran tenido ciencia, palabras precisas y exactas que los hubieran podido ayudar mejor que todas esas alusiones veladas, equívocas, vagas; todo aquel legado de metáforas, ignorancia y traducciones ambiguas. ¿Cómo discernir la información útil de las interpretaciones creativas de quienes los habían precedido?

—Aún nos quedan unos cincuenta años, ¿no? —dijo Aurelia, y Méndez escuchó la desesperación que había tras la aparente animosidad de su voz—. Voy a extender el ungüento. Es receta familiar. Puede que... Pique un poco.

—Adelante —pidió él—. ¿No sientes, a veces, cierta rabia por todos los siglos que tuvieron nuestros ascendientes para acabar con la profecía y derrocharon conspirando entre ellos?

—Por supuesto —dijo Aurelia. Méndez empezó a notar la caricia de sus dedos, impregnados en la medicina, sobre la quemadura; un olor dulce y fresco llenó la habitación. —Elvira hizo todo lo que pudo con las herramientas que tenía. Puedo... Podría darle unas nociones básicas. Daros. A ambos.

—Estaría muy agradecido —dijo Méndez.

Aurelia continuó con su cura en silencio. Él cerró los ojos y pensó en lo extraño que se sentía siendo cuidado... Y en lo maravilloso que sería poder cuidarla también.

*Viernes.*
*Hora del camino incierto.*

Habían seguido a la paloma hasta una plazoleta sin salida. Las sombras lo cubrían todo. La fachada de una antigua iglesia, al parecer derruida, o en obras, presentaba unos curiosos relieves: ruedas y pétalos, veneras, hojitas que sumieron a Méndez en una profunda melancolía, en el recuerdo de una herencia venida de más allá del Rin... Una herencia rota, recompuesta a base de vestigios empotrados en un muro de conjeturas, como las piedras vetustas en aquella pared.

La paloma se posó dentro de una venera, a la derecha de la puerta.

—Gustavo contaba una historia sobre este lugar —dijo Elvira, al contemplar las sombras de la luna que se derramaba sobre las hojas cinceladas.

—¿Hércules y su palacio? —preguntó Claudia.

Elvira y ella cruzaron la mirada.

—¿En serio? —dijo Aurelia, burlona—. ¿De verdad? ¿Así de barato, de fácil?

—Mejor un folletín barato que una tragedia griega —gruñó Méndez—. ¿Cómo era la historia? Confundo todas las invenciones de Gustavo...

—No es del todo una invención —replicó Claudia, con la emoción temblando en su voz—. El héroe, el hijo de Zeus, entre trabajo y trabajo humillante, construyó un palacio a las afueras de la ciudad. Mármol blanco, rosa y dorado; jade verde, columnas impresionantes, sillares descomunales... No era, sin embargo, un palacio al uso. Se trataba, más bien, de una prisión... Pues el héroe encerró en la más profunda de sus cámaras...

—Una amenaza —dijo Elvira, con la voz temblorosa.

—Pero había tesoros —dijo Méndez.

—Sí. Y cadenas y candados —dijo Claudia, con tristeza infinita en la voz. Se acercó a la pared y tocó uno de los relieves desgastados, con la punta de los dedos. —¿No los sentís? Si hasta yo noto la vibración... Ay, no todas las cadenas tienen eslabones de hierro. Candados, sellos... No todos los idiomas tienen palabras que distingan cada uno de vuestros...

—Hechizos —dijo Elvira—. Sí. Esto estuvo envuelto en protecciones de sangre y humo. Sólo quedan guedejas ahora.

Aurelia abrió la limosnera bruscamente y sacó un papel pulcramente doblado.

—¿Es el mapa de Soria? —preguntó Méndez.

—No sé quién es Soria —gruñó Aurelia—. Lo saqué de los caminos prohibidos del palacio de Al-Mamun.

—¡Ja! —exclamó Elvira—. ¡El convento de las Concepcionistas! Yo tenía razón.

—Cuadra —gimió Aurelia, tras extender el mapa bajo la luz plateada—. La entrada... La entrada está aquí...

—Es el problema de los cuentos de viejas —dijo Claudia—. Mirar la realidad desde su perspectiva induce a equívoco. Por esa puerta, Méndez.

—Espera —pidió Elvira—. La pared es...

Pasó los dedos sobre una tira de circunferencias y pétalos. Alzó la mirada hacia las veneras.

—¿Puedes leerlos? —preguntó Méndez.

—Están desordenados —gimió Elvira—. Es... Es como Quintanilla, hermano. Es como Melque... Tiene los sellos, pero están rotos.

—Tirarían la iglesia y reaprovecharían los trozos —dijo Aurelia—. Lo hacían mucho. Hay trozos del circo por toda la ciudad.

—El rugido de la multitud está aún vivo entre las molduras —murmuró Claudia.

—Las pruebas parecen abrumadoras —comentó Méndez. Puso la mano sobre la puerta desvencijada y se abrió, obediente.

El aspecto interior era desolador. El solar estaba lleno de hierbas, gatos impertérritos y cascotes. Había, incluso, una hermosa ventana geminada, rota en el suelo, con dos arcos de herradura, que hizo al corazón de Méndez latir con ferocidad.

—¡Mira! —exclamó Elvira, al verla.

La joven se agachó para tocarla antes de que Méndez pudiera evitarlo.

Un fogonazo lo cegó momentáneamente. El moño de Elvira se deshizo. Su pelo se escapó, se desgarró su vestido, sus alas se extendieron como una sombra de plumas nocturnas. Dejó escapar un gemido de dolor, pero la inflexión no era humana, ni animal. El aire que la rodeaba se tiñó de una cualidad irisada, trémula como la superficie de una pompa de jabón en la brisa veraniega sobre el lavadero.

Volvió la cabeza hacia Méndez y las hermanas Aurelianas, las hijas de Roma.

—¿Elvira? —preguntó Méndez.

—Veo —dijo ella, con esa voz que reverberaba desde las frías soledades de un norte que no sabía si era Europa o Asia—. Veo quienes han visto esta piedra y quienes la verán. Los veo pasar, admirar, preguntarse, rezar, pedir, destruir, anhelar.

—Vuelve, Elvira —pidió Méndez.

Ella bajó las alas. Se plegaron tras su espalda, pero su pelo siguió ondulándose en el viento que no existía.

—Sellaron la entrada a la espera de quien pudiera acabar con el problema —dijo—. Con la herencia del hijo del Rayo.

—Ya estamos con el "acabar" —gruñó Aurelia.

—Nuestro propio "Filioque" —dijo Claudia con una sonrisa—. Vuelve, Elvira —pidió.

Aurelia dejó escapar un suspiro antes de hablar.

—Vuelve, Elvira —dijo también.

Se deshicieron las plumas entre las sombras de la noche, el pelo le cayó sobre la espalda en guedejas desiguales. Volvió la cara hacia su hermano, asustada.

—Estuvimos aquí —gimió—. Estuvieron. Ellos.

—Eso parece —dijo Méndez, ayudándola a levantarse—. Por favor, no vayas tocando cualquier cosa.

—Por ahí —dijo Claudia, señalando las sombras—. Vamos. No tenemos tiempo que perder.

Los sillares eran enormes, enormes como la ignoracia que crece, siglo tras siglo, ante lo que aconteció en el pasado. Formaban arcos perfectos, armónicos, gigantes: parecía increíble que manos humanas los hubieran levantado, hace milenios, como no hubiera sido cosa de magia.

La luz tenue que el cristal de Elvira emitía tenía el mismo tono rojo del esmalte que coloreaba el águila que guardaban en casa. Esculpía las facciones de la joven de sangre goda con la delicadeza de un amanecer y el inquietante terciopelo de los secretos sangrientos que son demasiado terribles como para mostrarse a la luz del mediodía.

Claudia acarició uno de ellos, con la sonrisa beatífica de una nieta que tomara la mano de su abuelo.

—Mirad —dijo—. Mirad todo lo que sabíamos. Todo lo que se perdió. Sé que no podéis oírlo, pero... Aquí hubo agua. Supongo que sería una cisterna o algo semejante... Un artificio fabuloso que hiciera más fáciles las vidas de quienes habitaban la ciudad.

Aurelia puso la mano sobre la misma piedra que su hermana.

—Lo siento, hermana, pero mi sentir es opaco al lado de tu percepción. Sin embargo, no hacen falta los dones de la Magna Mater para admirarse ante el poder del conocimiento —gruñó.

La iluminación escarlata parpadeó.

—¿Encuentra usted el camino, Claudia? —preguntó Méndez.

—No es un camino al uso —respondió Claudia—. Tendré que usar otras... Técnicas.

Méndez asintió. No miraba a Claudia, sino a Aurelia; bajo la luz de la esfera de Elvira, las facciones de la joven que había convertido los almendros en alas de amor aparecían borrosas, casi tenues, fantasmagóricas. Como si estuviera manchada con la sangre que aún no había derramado, como si se arrepintiera de lo que aún no había hecho.

Como si se arrepintiera de no hacer otra cosa...

Méndez apartó la mirada, porque el peso en el pecho crecía cuanto más miraba a Aurelia.

—¿Te refieres a la oscuridad, hermana? —preguntó Aurelia. En su voz vibraba una música ominosa.

—Así es —dijo Claudia—. Dame la mano, chiquitusa. Méndez, por favor, coja la otra mano de mi hermana y dele la que quede libre a Elvira. Elvira... Usted tendrá que apagar la luz. Cuando yo le diga.

Aurelia le tendió la mano a Méndez. Él, tras tomar aire, extendió el brazo y estiró la mano. Sus yemas tocaron brevemente la palma de Aurelia antes de que sus dedos se entrelazaran, torpes; con levedad.

—¿Caminaremos en la oscuridad? —preguntó Elvira. Le cogió a Méndez la otra mano, con decisión y pocas florituras; lo agarró firmemente, como cuando eran unos niños y caminaban por las calles de Madrid tras su madre.

—Sí —respondió Claudia—. Por eso es muy importante que no os soltéis. Sin mí... Estaríais perdidos.

La mano de Aurelia se cerró alrededor de los dedos de Méndez con más firmeza. La naturalidad que él sentía al estrechar la mano de Elvira, huesuda y conocida, hacía que sintiera aún más el contraste al abrazar la calidez de la piel de los dedos de Aurelia, tan suave y salvaje, ignota, inexplorada. Sintió la necesidad de cartografiar cada uno de sus dedos, cada yema, las dunas de sus pliegues y los valles entre sus nudillos. Aquel mundo por descubrir lo hizo temblar.

Algo hizo que su corazón se acelerase. Levantó la mirada y se encontró con los ojos de Aurelia, teñidos de la luz roja, inescrutables. Méndez no entendía qué quería decir. ¿Había sido, efectivamente, un leve apretón lo que había sentido entre sus manos unidas? ¿Había sentido ella el mismo vértigo?

—Entendido —dijo Elvira, al otro lado, ajena al torbellino que se estaba levantando junto a ella—. Cuando quiera.

Claudia levantó la mano frente a ella.

—No os soltéis —ordenó—. Por lo que más queráis.

Se hizo la oscuridad.

*Hora de las tinieblas rasgadas.*

El poeta no podía ver nada. Sentir, sin embargo... Podía sentirlo *todo*.

Sin poder presentar batalla siquiera, aquella entidad maligna parecía poder pasearse entre sus pensamientos a su antojo, y su antojo estaba hecho de espinas, de ácido y de garras afiladas. Cuando encontraba un recuerdo doloroso, lo tañía con uñas puntiagudas hasta sacarle todos los armónicos posibles de angustia y, después, lo rompía; lo destrozaba, lo convertía en pequeños pedacitos que usaba para montar una idea nueva, tenebrosa, una visión tergiversada cuya única meta parecía ser causarle tanto daño como pudiera.

Desgarró todos sus versos y le susurró lo poco a salvo que estaban sus creaciones, cómo arderían; cómo perdería a su esposa, a sus hijos, su salud: le retorció, poco a poco, el alma, contentándose con pequeños gemidos de angustia, incontables momentos de aflicción.

En cierto momento, le dieron algo a beber, y recordó que además de alma tenía un cuerpo lleno de huesos que podían quebrarse y de vísceras que podían arrancarle una a una, de piel que desollar para echar sal en cada grieta: ninguno de esos pensamientos le pareció tan terrible como el tormento que ya estaba viviendo. Casi deseó la tortura, poder desahogarse gritando, pero ni voz parecía quedarle ya.

Como si las palabras se le hubieran congelado en la garganta y su hielo la hubiera reventado desde dentro.

Lo que bajó por su boca era pura amargura; ni las lágrimas de Medea ni el vino de la mismísima Estigia podían compararse al licor de desamparo, de impotencia, que se iba derramando por todo su ser. En las manos se le morían las caricias que no iba a encarnar ya nunca; en los labios se pudrían besos que no se había atrevido a dar, la lengua se le corrompía con los versos que había escrito sin poner en ellos alma alguna.

El tiempo era una idea que ya no tenía validez: no había antes ni después, sino una eternidad de dolor continuo, de ceniza en los pulmones, de agonía en el espíritu. La poca consciencia que le quedaba le repetía, en los chillidos desesperados de los que saben que no queda salida alguna, que se hallaba atrapado en el infierno... y que, aunque lograra abandonarlo, no iba a escaparse de su recuerdo jamás.

*Hora de la senda del suspiro.*

Caminaron en la más completa negrura durante lo que les pareció un suspiro. Pero ¿cuánto dura un suspiro?

De preguntar a Claudia, habría contestado que su caminar en la oscuridad había sido tan largo como uno de esos suspiros que ni siquiera sabes que estás dejando escapar, de los que se cuelan en una de esas tareas cotidianas que haces casi canturreando: dibujar garabatos o esbozos en el cuaderno, tejer sin contar los puntos, sazonar un guiso, echar las cuentas de gastos del mes. Bajar aquellas escaleras y girar a un lado y otro, atravesar las capas de tiempo, no era complicado en absoluto para ella. Apenas tenía que concentrarse, sólo hacer las cosas bien.

Si hubiera tenido que responder Elvira, habría hablado de esos supiros de hastío que no hacen nada más que subrayar el mal momento que se está pasando. Esa clase de suspiros, que aparecen en una larga tarde de visita a parientes que hablan de gente que no conoces o tras varias horas de intento de estudio ante la misma página de forma infructuosa. Esos supiros parecen siempre el primero, se sobreponen a la misma sensación de hartazgo. Así bajó Elvira las escaleras, así caminó en la oscuridad: con la mente en otra cosa, distraída en lo que tenía lugar delante de ella, en lo que percibía en el silencio de los dos caminantes que la precedían.

Aurelia y Méndez se habrían sorprendido si hubieran intercambiado pareceres. Ambos habrían hablado de suspiros eternos, llenos de historia, con introducción, nudo y desenlace; suspiros con prólogo, suspiros llenos de tensión narrativa, que no tienen final sino que se convierten en aliento sostenido.

Sus manos enlazadas, el centro de la cadena, eran todo en lo que podían pensar ambos. El roce de la piel les evocaba caricias ahora prohibidas, un mar de posibilidades, de anhelo en las yemas de los dedos; a la vez, se habían convertido en un canal de comunicación inesperado y efectivo. El pulgar de Aurelia tocaba el dorso del índice de Méndez; su mano, al ser mucho más pequeña, estaba casi escondida en la del joven, que sentía perfectamente bajo su pulgar los nudillos de ella. Cada escalón que bajaban era una oportunidad para un apretón leve; para un escalofrío, para el roce de sus palmas. Aunque Claudia no les hubiera advertido que no debían soltarse, ellos tampoco habrían podido. Aurelia, mientras exalaba, se cuestionaba su decisión. Méndez dejaba escapar el aire y no temía ya al fin del mundo, sino a su continuidad sin Aurelia en él.

Ambos pudieron sentir el sobresalto del otro cuando Claudia se detuvo y habló.

—Sí. Ya hemos cruzado. Podemos permitirnos un poco de luz.

*Hora de los versos muertos.*

*Morirás.*
*Tus hijos morirán.*
*Tus rimas se volverán prosa y tus leyendas, realidad...*

El poeta abrió los ojos. Se alegró de tener ojos todavía, aunque no pudiera ver más que negrura. Ojos, brazos, una espalda dolorida. Sentía un suelo pétreo bajo su cuerpo maltrecho. Su alma aún descansaba en un trozo de carne que podía controlar: aún podía pensar.

Luchar.

En cierto modo era agradable enfrentarse con demonios que, por una vez, vinieran de fuera de su cabeza. Fuera lo que fuesen aquellas criaturas deleznables, esos seres aberrantes que aguardaban en las sombras, no tenían nada con lo que asustarlo. No había nada más pavoroso que su propia imaginación. El que se hicieran eco de sus propios miedos las delataba: no tenían poder para mostrarle nada peor de lo que era ya capaz de imaginar.

El poeta sonrió en la oscuridad.

—Soy poeta —dijo, y algo en el sonido de su propia voz le dio ánimos para continuar—. Y no lo soy gracias a la tragedia, sino a la belleza que soy capaz de ver a pesar de las tinieblas con las que se empeñan los hombres en cubrirme. Soy poeta a pesar de la tragedia, y es ése mi triunfo, el no perderme en la bruma de la desesperación.

Se incorporó.

Algo había cambiado en las sombras que lo rodeaban; parecían haber perdido sustancia, como si ahora fuesen mera ausencia de luz y no una entidad palpable. Envuelto en las sombras inertes, intentó descubrir dónde estaba, pero al intertar moverse sintió las cadenas alrededor de sus muñecas y supo que sus palabras no tendrían efecto sobre algo tan real.

*Hora del eco incesante.*

La luz de la esfera de Elvira iluminó la estancia y, durante un instante, Aurelia no pudo pensar.

Su raciocinio, reticente a aceptar lo que veían sus ojos, se resistía a poner nombre a aquello. Las columnas, al menos tan altas como las de la Catedral, parecían pulidas y recién construidas; sus estrías verticales hacían a la luz roja reflejarse con elegancia. No podía ver qué tipo de techo sustentaban, ya que se hundía en las sombras; tampoco podía ver la pared del otro lado.

Dio un paso atrás y se chocó con Méndez, que la sujetó inmediatamente por los brazos, para que no se cayera. Sintió el pecho del joven contra su espalda, la mejilla contra su nuca, y tembló otra vez. Él debió de interpretarlo como inestabilidad, porque siguió sosteniéndola con firmeza, aunque con delicadeza.

Aurelia se vio tentada a tropezar, a dejarse caer muchas más veces si con ello podía sentir al joven tan cerca, desembarazándose así de la responsabilidad de pedir lo que tanto deseaba, pero desechó la idea al momento. No, no viviría en el umbral veleidoso de mantener falsas apariencias, de fingir casualidades para ocultar su deseo. Prudente o no, no se avergonzaba de su anhelo, de ese sentimiento tan inmenso, tan puro y tan lleno de sentido; podía no ser adecuado, podía no ser correcto bajo las reglas que venían impuestas de fuera, pero era su deseo, su verdad, y no lo mancillaría dejándose llevar por los ardides de la mente.

—Gracias —susurró, sin volver la cabeza, y se separó con dolor infinito de los brazos de Méndez, que la soltaron en cuanto ella recuperó el equilibrio—. Es impresionante —añadió.

—Ah, la majestuosidad de los palacios antiguos, la belleza de las catedrales... —dijo Aurelia, que miraba a la negrura del techo con expresión ausente—. Esto es lo que más lamento que hayamos perdido.

—Habla por ti —susurró Elvira, aunque había en su voz la sequedad de aquello otro que habían visto en los restos de la iglesia—. No hay construcción que pueda rivalizar al cielo estrellado, niña... No hay material más puro que la nieve, la que no se deja trabajar, libre y rebelde. No se dibuja la historia con tinta, sino con sangre...

—Elvira —interrumpió Méndez—. Elvira, estamos aquí.

La joven, que se había mantenido con la cabeza erguida, mirando al infinito oscuro que había más allá de la luz, se tambaleó un poco.

—Lo huele —masculló, ya con su voz—. Lo sabe. Las... Son tan viejas como ella...

—Lo sé —dijo Méndez—. Ya está. Tienes el control.

Aurelia sintió otro escalofrío y miró a Claudia. Su hermana parecía haber aumentado de altura y su serenidad la envolvía como un digno manto invisible. Aquel lugar... Era uno de esos pliegues donde lo divino se desata.

No podía llevar a Claudia al circo romano, ni a la zona del Cristo de la Vega; no podían cruzar el puente de Alcántara, había que evitar la plaza del Ayuntamiento a toda costa.

Se preguntó cómo lo hacía Elvira. ¿Evitaría el Salvador? ¿La Catedral? Había trozos godos empotrados por toda la ciudad. Quizá no le afectaban tanto los lugares en sí...

—Quiere acabar con esto tanto como nosotros —suspiró Elvira—. Quiere marcharse al norte con el deber cumplido.

—No puedo contar con los pájaros aquí dentro —protestó Méndez.

—Ya lo sé —dijo Elvira en tono seco.

Aurelia vio algo en los ojos de Méndez. No supo ponerle nombre.

Elvira se quitó el broche que le cerraba el cuello de la blusa. Era un ave estilizada, con las alas extendidas; algo parecido a un águila. Se lo ofreció a su hermano y Méndez lo cogió con movimientos lentos y casi torpes.

El joven se pinchó en la yema del dedo meñique con el alfiler del broche y apretó.

Cuando salió la primera gota de sangre, extendió sus alas rojas y echó a volar.

*Hora del silencio.*

En aquel silencio polvoriento cada palabra que pensaba parecía resonar con un eco antiguo y ominoso, portador de maldiciones caducas y anhelos podridos. Era mucho mejor que las voces ajadas que habían intentado culpabilizarlo de su propia mortalidad. El silencio era lienzo en blanco, no página mancillada, idea perpetrada ni murmullo enevenado.

Algún acomplejado mediocre diría que se trataba de un estado ideal para dejar fluir la inspiración, como si hubiera poesía en el vacío previo a la muerte. No: era en la vida, en la luz en los ojos de las damas, en los latidos de los corazones al unísono, en la exuberante naturaleza temblando en estupor bajo una tormenta, donde brotaba la poesía. En las ganas, el gozo y el estupor maravillado; en el anhelo, en la esperanza.

Sin embargo, aquel silencio permitía que escuchara a la perfección su propia respiración, sus propios latidos, los músculos de su garganta al intentar tragar saliva. Las toses parecían truenos incontrolables. La sed lo estaba torturando aún más que la enfermedad.

El sonido ajeno lo distrajo un momento.

¿Un aleteo? ¿Qué clase de criatura podía volar en aquellas oscuras soledades?

Vio el resplandor rojizo antes de escuchar los pasos, las otras voces. Envuelto en el estupor de la maravilla, tuvo que sonreír.

*Hora del destino brumoso.*

—Esa ostentación de ingenio humano, de comprensión de la matemática, abrir las entrañas del plan divino para regocijarnos en Su obra, en la perfección de los números y las fuerzas que permiten que levantemos estas construcciones en su gloria, en homenaje a su grandeza... Pero somos también mortales, ay. Por eso la visión de las ruinas resuena tanto en nuestra vacía carcasa de carne: las otrora orgullosas torres, los arcos esbeltos que sujetaban las bóvedas prodigiosas, se vuelven lánguidas siluetas recortándose sobre un cielo tormentoso y un horizonte gris, como hemos de vernos nosotros al llegar a la vejez. Incluso la piedra es efímera; la felicidad, un suspiro cuyo eco resuena más allá de nuestra existencia y que, como las ruinas, nos llena de la melancolía que supone la verdadera esencia de un mortal.

La voz del poeta sonaba ronca y débil. La previsión de Claudia al traer una bota con agua y un trozo de queso había sido providencial. Aurelia volvió a admirar a su hermana, a su capacidad de saber siempre qué tocaba hacer en cada momento.

—Sí, ya —interrumpió Méndez—. Acuérdate de todo eso cuando retomes tus trabajos sobre los templos. Tenemos que irnos. Cuanto antes.

Aurelia observó el rostro de Méndez bajo aquella luz escarlata durante un instante. Habló antes de que el poeta pudiera protestar.

—No podemos irnos ahora que hemos encontrado este lugar —sentenció.

Oyó suspirar a Claudia.

—No estamos preparados —protestó Méndez.

Aurelia, que había estado agachada con los demás junto al maltrecho poeta, se levantó.

—Estamos tan preparados como podemos. Esas arpías nos han atraído hasta aquí con el poeta como señuelo. No tardarán en atacar. Tenemos que tomar la iniciativa. Eso no se lo van a esperar.

—No sabemos...

—No. No sabemos nada. Leyendas, amenazas, medias verdades, enigmas que parecen hechos más para torturar que para ayudarnos en nuestra tarea. ¡Un juego macabro de pistas, como si los dioses quisieran reírse de nosotros! Cuanto antes acabemos con esto...

La avalancha de palabras que quería decir se le atascó en la garganta. Se estorbaban el paso los conceptos, se daban codazos las ideas y ninguno podía pasar antes que otro, de tan deseosos que estaban todos de ser los primeros en pronunciarse. Lo único que encontró una vía de escape a aquel embrollo fue una lágrima, que sintió caer por su mejilla hacia la barbilla, antes de poder reaccionar y limpársela con la manga y sin ninguna finura.

—...antes podremos todos empezar a vivir de verdad —terminó Claudia.

Claudia, siempre sabiendo qué decir, qué hacer, cuándo y cómo.

—Marchaos, entonces —dijo Elvira—. Buscad el camino. Haced eso que tenéis que hacer, sea lo que sea; mataos entre vosotros si es menester, si es lo que se requiere. Nosotras sacaremos de aquí al poeta.

Méndez se levantó también, frente a Aurelia. Ella tembló al sentir la mirada del joven sobre ella; se la sostuvo con toda la dignidad que le permitían sus piernas temblorosas. No, no era miedo de las helenas lo que sentía, ni de lo que pudiera acontecer después... Era aquella mirada sobre ella, aquella caricia sin piel, ese abrazo sin contacto, esa magia a la que no podía poner palabras ni explicación.

—Sea —dijo el joven, y tendió la mano hacia Aurelia—. Si hemos de enfrentarnos al destino que nos impusieron, que sea con la cabeza alta y el alma bien dispuesta.

La joven le dio la mano y partieron hacia la oscuridad.

*Hora de la luna soñada.*

La luz los había pillado por sorpresa.

El pequeño gorrión hecho de motas de polvo que el joven había invocado los había guiado, con su aleteo sordo, a través de la negrura. Con las manos enlazadas habían recorrido largos pasillos vetustos, sintiendo el frío que emanaba la piedra, guiados sólo por ese sonido fantasmal de alas que no eran más que una ilusión. Sin embargo, caminaban seguros, juntos, como poseedores de una brújula interior que les evitaba tropiezos con obstáculos invisibles.

Méndez no dejaba de darle vueltas a que aquello debía de ser el amor.

Las escaleras descendentes por las que los estaba conduciendo el aleteo eran de caracol. Tras un descenso monótono, habían empezado a ver algo más de claridad. No era la luz anaranjada de las velas, ni la rojiza de una hoguera... Era plata difusa, como la luz de la luna entrando por una ventana.

Aurelia bajaba primero. Cuando llegó al final de las escaleras, se detuvo bruscamente.

—No me lo puedo creer —musitó.

Méndez, tras ella, lo entendió en cuanto bajó el último escalón.

Al otro lado del umbral se extendía la hierba, de un gris frío bajo los rayos lunares. La Luna misma brillaba, enorme, mucho más grande de lo que se hubiera podido esperar. Ante ella se recortaban las ruinas de lo que parecía una iglesia enorme; había perdido el tejado y los arcos apuntados ya no sostenían bóveda alguna. Libres de su propósito práctico, ostentaban su belleza intrínseca como toda justificación para su existencia, llenando de su ser el vacío del paisaje.

—Esto no puede ser real —dijo Méndez. Dio un paso fuera de la escalera y se volvió. Acababan de salir de una torre cilíndrica, tan alta que se perdía en la negrura del cielo nocturno.

—Los mundos dentro de las paredes —dijo Aurelia— estaban en las descripciones del palacio.

Salió también, junto al joven. La luz de la luna la bañó; se convirtió en una orgullosa escultura de plata, su piel adquirió un brillo onírico difícil de explicar por la razón.

—Siempre creí que eso sería una metáfora —dijo él.

Aurelia sonrió.

—Atravesar los espejos, la superficie de las aguas, la tibieza de la oscuridad... De niña, creía que cualquiera podría hacerlo.

—¿Es una maldición o un privilegio?

—Un privilegio, naturalmente —dijo Aurelia, y lo miró a los ojos—. Ningún pájaro consideraría sus alas una maldición.

Ni siquiera aquella plata de la luna onírica podía ocultar el cobre sabio de los ojos de Aurelia.

—Expande los horizontes que descubrir —dijo él, sintiéndose bastante torpe.

Aurelia le sonrió. La curva de sus labios acunaba tantos besos que Méndez tembló. Sin ser consciente de lo que hacía, sin entender de dónde venía el gesto, levantó la mano hacia la cara de Aurelia y, con el dorso de los dedos, le acarició levemente la mejilla. De repente, se dio cuenta de lo que estaba haciendo y apartó la mano un poco, pero Aurelia acababa de cerrar los ojos y de inclinar la cabeza hacia la caricia, sin dejar de sonreír.

Aquel instante de caricia buscada y encontrada bien podría haber durado mil años, la eternidad entera, pero entonces escucharon la música.

Aurelia abrió los ojos súbitamente y se volvió hacia el sonido, en guardia. Méndez se volvió también. Entre las ruinas, bajo un arcosolio sencillo, sobre la tapa de un sarcófago, alguien cantaba.

*Hora del alma descarnada.*

A Aurelia le dolía un poco el latín medieval, tan corrupto, tan perdido entre su pasado y su futuro, sin tener la potencia del romance ni la pureza de la lengua de Roma. No imaginaba tal belleza, sin embargo, pronunciada en aquel idioma imperfecto, pero ningún otro habría servido para hablar así de lo que no está ni vivo ni muerto, sino extraviado entre lo que recuerda y lo que anticipa.

Mientras se acercaban a la figura que cantaba, Aurelia sintió un escalofrío. La persona que cantaba tocaba también una pequeña arpa, con dedos plateados y ligeros; se envolvía en telas blancas y vaporosas, un velo le cubría la cara y la cabeza. La voz cruzaba, límpida y triste, la atmósfera de esa noche irreal, lamentándose de aquella encrucijada en la que se encontraba, sin brújula ni mapa.

A un par de metros de la tumba, Aurelia y Méndez se detuvieron. La canción volvía en círculos, una y otra vez. Aurelia observó más detenidamente a la figura, tratando de discernir si se trataba de una joven o un muchacho, pero al tratar de concentrarse en el rostro que tapaba el velo, a la vez distinguió tanto una nariz discreta como los agujeros vacíos de un cráneo.

Desde las cuencas vanas, la criatura le sostuvo la mirada. Dejó de tocar.

—No habéis de temerme, puesto que ningún poder ostento sobre los vivos —dijo, con la misma voz triste con la que había cantado—. Sabéis a dónde vais pero, como yo, no os atrevéis a cruzar el umbral.

No había viento que soplara, pero sus ropajes flotaban como si una brisa los moviera, como si se hallaran debajo del agua.

—Estamos decididos a encontrar la profecía y encargarnos de ella —dijo Méndez, resuelto.

El espectro sonrió con los labios que no tenía e inclinó el cráneo hacia un lado.

—No sé nada de ninguna profecía —dijo—. Sé de almas y de destino. Sé de lo efímero de la carne y la piel, del dolor de las caricias que no se dan y los besos que se marchitan en los labios. Sé... De amor.

Dicho esto, volvió a poner las manos descarnadas en el arpa y empezó a cantar. Esta vez sí se levantó el viento, que diluyó al fantasma y la canción al mismo tiempo, que se llevó la luna y las ruinas y la hierba plateada, mientras Aurelia y Méndez se abrazaban y caían al suelo, intentando protegerse mutuamente del inesperado vendaval.

*Hora del lugar en el mundo.*

Cuando pudo volver a tomar consciencia de sentir algo, una fue el frío de los azulejos sobre los que estaban tendidos. La otra fue el cuerpo de Méndez.

Aquel abrazo urgente, torpe, nacido de la necesidad de protegerse, resultaba bastante incómodo sobre el suelo. Se le estaba durmiendo un brazo bajo el cuerpo del joven, pero sus manos seguían agarrándole la chaqueta con fuerza. Sus mejillas, juntas, latían con la potencia del miedo.

—¿Estás bien? —susurró Méndez. Aurelia pudo sentir su aliento en el cuello.

—Sí —dijo ella. Esa leve sílaba bastó para que rozara, con los labios, la oreja del joven.

Era imprudente, sí. Generaciones enteras de Aurelianos habían prohibido aquello que había nacido entre ellos sin que ninguno de ellos lo pidiera. Las razones parecían absurdas, lejanas, excusas para el fracaso. Méndez, sin embargo, era real: su resolución era real, su amabilidad era real, su comprensión era más cierta que la malhadada profecía misma.

Aquella sílaba, aquel asentimiento, se convirtió en un beso en toda su entidad, bajo la oreja de Méndez. Las manos de Aurelia dejaron de aferrarse con desesperación para hacerlo con deseo, con cariño, con emoción. Sintió a las del joven convertirse en caricia y apartó la cabeza para mirarlo, y fue entonces cuando reparó en que la luz que le permitía ver era la verdosa luminiscencia de miles de insectos que cubrían el interior de una pequeña estancia.

Eso no le importaba ahora. Le importaban los ojos del joven, su mirada; toda la vida que tendrían después de cumplir con esa misión, el mundo que tenían que salvar para poder descubrirlo juntos.

El beso no la pilló por sorpresa.

Se sintió, de repente, donde tenía que estar; donde debía haber estado siempre, el lugar que quería ocupar. El universo perfectamente alineado rompió su armonía cuando la risa ajada de las helenas interrumpió aquel regalo del destino.

*Hora del baile gozoso.*

La risa enmohecida los había acompañado a través de aquel pasillo lleno de luciérnagas. El dolor del beso interrumpido no podía acallar la ilusión; la agonía de tener que aplazar lo importante para ocuparse de lo urgente no era capaz, tampoco, de opacar el brillo de la magia.

Las risas cesaron cuando los jóvenes alcanzaron la siguiente sala, una con el suelo rectangular y cubierta con una bóveda de cañón. Varias luces cálidas la iluminaban desde hornacinas en las paredes.

Lo más llamativo era el diseño del suelo. Estaba cubierto por azulejos blancos de siluetas diversas, que encajaban entre sí de formas caprichosas, como en los zócalos andalusíes, pero sin sus colores vivos. La única nota de color la ponían dos bandas azules, paralelas, separadas entre sí por un metro más o menos, que salían desde la puerta por la que habían entrado y llegaban hasta la de salida, al otro lado de la sala.

Aurelia echó a andar, decidida, y el suelo se hundió bajo sus pies.

No pudo ni gritar. Sintió un dolor intenso en el brazo y el vacío hizo que se le revolviera el estómago. Méndez la había agarrado como había podido y la estaba intentando levantar a pulso; ella trataba de ayudar también. Por suerte, el joven había sido rápido; enseguida estuvo a salvo en el umbral otra vez.

—¡Es una trampa! —exclamó Aurelia, con más enfado que miedo—. ¡Una maldita trampa!

Méndez observaba el suelo, pensativo.

—Tiene que haber una forma de cruzar —dijo.

—Pues claro —dijo Aurelia—. Pero no tenemos tiempo para andar intentando averiguarla.

Miró al suelo. El hueco en el suelo no era muy grande y sólo afectaba a la zona blanca.

—Quizá sólo podamos pisar cierta forma de baldosa... —dijo Méndez.

—Sujétame —pidió Aurelia.

Méndez la cogió del brazo. Ella pisó la primera baldosa de la banda azul izquierda, que empezó a hundirse lentamente, pero sin romperse y desgajarse como las blancas. Lo hizo con un sonido sordo que se repitió a su derecha: en la otra banda azul, la baldosa gemela subía.

—¡Claro! —exclamó Méndez. Tiró de Aurelia para ayudarla a subir al umbral otra vez.

—¡Son balanzas! —exclamó ella—. ¿Vamos a poder hacer esto?

—Lo podemos intentar —dijo Méndez—. Si vamos lo suficientemente rápido...

—Peso menos que tú... No va a ser muy fácil. Podrías... Podríamos darnos la mano. Los caminos azules están lo bastante cerca.

—Cierto. ¿Sabes música?

—Obviamente. ¿Por qué?

—Por seguir un ritmo rápido y coordinado, de corcheas. Ti, ti, ti...

Aurelia asintió.

—Una corchea por baldosa azul. Podría funcionar.

Méndez extendió la mano en un gesto de ofrecimiento hacia Aurelia e hizo una leve reverencia.

—¿Me concede este baile, señorita? —preguntó, con una sonrisa traviesa que era lo último que Aurelia habría esperado en aquel sótano vetusto.

La joven dejó escapar una risa clara, de alegría pura. Se irguió y trató de colocarse un poco el pelo, aunque con el moño deshecho tras el vendaval y la oscuridad era un poco difícil.

—Estaría encantada, señor —dijo Aurelia, con otra reverencia, como si llevase un vestido de seda y una crinolina amplia en lugar de aquel trozo de lana.

La joven empezó a llevar el ritmo con el pie y cogió la mano de Méndez. Cada uno ante uno de los caminos azules, llenaron la sala con el ritmo de los golpes de sus pies contra el suelo. La joven empezó a trararear.

—Go-lon-dri-nas —empezó Aurelia, lo que hizo reír a Méndez. Se unió inmediatamente a la canción improvisada.

—Go-lon-dri-nas, go-lon-dri-nas...

A la tercera golondrina, sin haber tenido que ponerse de acuerdo siquiera, empezaron la travesía. Una baldosa, una sílaba, una corchea; hicieron falta diez golondrinas para atravesar aquella sala entre crujidos y tropiezos. Se sostuvieron el uno al otro en cada ocasión, un par de veces pisaron en blanco por error; sus manos no se soltaron en ningún momento. Llegaron al otro lado entre risas y cruzaron el umbral abrazados, aún canturreando. Al otro lado se abría otro pasillo con paredes de piedra y sillares enormes.

—Nadie podría haber cruzado esto solo —dijo Aurelia, aún arrebolada por la carrera—. Está pensado...

—Para que sean dos personas quienes la crucen —dijo Méndez—. Oh, Aurelia...

—Era mentira —dijo ella, incrédula, con los ojos prendidos en él—. ¡Era mentira! ¡Una pista falsa! No es el destino de uno solo...

—Sino un solo destino —dijo Méndez, con el mismo estupor.

Otro gemido cascado resonó en la oscuridad del pasillo al que habían llegado.

—No contaban con esto —siguió Aurelia—. Con nosotros.

Cogió la mano de Méndez y echaron a andar, así unidos, hacia las tinieblas.

*Hora de los versos de la vida.*

El frescor de la noche fue un bálsamo para los maltrechos pulmones del poeta.

La oscuridad, esa tan ordinaria tejida de matices de gris con algún ocasional brillo plateado, los envolvió como una manta protectora al salir a los callejones prosaicos, costumbristas, que no participaban de la épica que se desarrollaba en el subsuelo de la Ciudad Imperial.

Tímidas pinceladas líricas iban perfilando las calles bajo la mirada del poeta. Aquí y allá las sombras dibujaban rincones apropiados para un abrazo furtivo, la madreselva se asomaba sobre las tapias vetustas, las fachadas elaboradas daban paso a muros semiderruidos.

—Tenemos que vacunar al niño —murmuró el poeta—. Tengo que escribir a Casta.

—Ya se preocupará usted de las minucias de la vida después —dijo Claudia, en la que apoyaba el brazo izquierdo. Estaba demasiado débil para caminar solo. Elvira, a la derecha, llevaba más peso.

—Ay, no son minucias —siguió él—. ¿Qué viene a ser vivir, sino burlar a la muerte cada día, retrasando el momento inevitable con todas las armas y argucias que nos proporcionan desde los avances de la ciencia hasta la hechicería de la esperanza? Y no sólo la nuestra, sino la de aquellos a los que amamos. Es más duro, os digo, ver cómo se extingue la vida de un ser amado que perder la propia.

—Bien sé de lo que habla, Gustavo —dijo Claudia, en voz baja también—. Pero para poder cuidar de los que amamos es necesario cuidarnos primero a nosotros mismos. Qué poca prioridad nos damos cuando creemos no merecerla...

—Sé que no veré crecer a mi hijo para convertirse en un hombre —dijo él, tras detenerse—. Sé que mi obra está condenada. Había realidad tras las mentiras tergiversadas que me revelaron esos monstruos para torturarme. No puedo olvidar que moriré... Así que debo darme prisa por vivir, por cuidar y crear antes de que sea demasiado tarde. Me preocuparé por las minucias, Claudia, porque la vida son minucias, versos de un poema más grande.

Echó a andar de nuevo, apoyándose aún más en las dos mujeres.

No verbalizó, sin embargo, que de poco iban a servir sus desvelos si Méndez y Aurelia no tenían éxito en su empeño.

*Hora del color olvidado.*

Avanzaban a través de la oscuridad, dados de la mano, con las extremidades libres extendidas de forma que pudieran tocar cada uno una pared del pasillo. De repente, ninguno de los dos pudo tocar pared ninguna, así que se detuvieron.

—Qué útil sería el poder de tu hermana ahora —dijo Aurelia, en voz muy baja.

—Es una habilidad que nos enseñó mi abuela —dijo Méndez—. O, al menos, lo intentó. Yo no era muy buen alumno. Me interesaban más los pájaros.

Aurelia oyó un chisporroteo y vio un fogonazo amarillento, como el de una cerilla que intentase encenderse sin éxito, en la mano libre de Méndez. Aquel breve destello hizo que su espalda se tensase aún más.

—Creo que hay estatuas aquí —dijo Aurelia—. He visto al menos tres.

La joven parpadeó un par de veces. La luz súbita la había cegado un poco, después de ese rato de oscuridad. Aún podía ver la mancha de luminosidad ante sus ojos, y los ojos de las estatuas brillando...

—Hay unas diez —siseó Méndez.
—¿Cómo lo sabes?
—Los ojos...

Aurelia afianzó bien los pies sobre las baldosas. Efectivamente, los ojos refulgían, iluminaban ligeramente los rostros, rígidos. De repente, la sala se iluminó.

Había hachones en las paredes, que se encendieron a la vez con llamas blanquecinas y trémulas. Aurelia intentó que la luz súbita no la deslumbrase, pero tuvo que parpadear. Al menos, pudo distinguir el espacio en el que se encontraban: una estancia redonda, cubierta por un techo plano, en la cual había diez estatuas dispuestas en círculo.

No se parecían a nada que Aurelia hubiese visto nunca. Acostumbrada a las que podía contemplar en la Catedral o en las innumerables iglesias de la ciudad, aquellas eran bastante rígidas y carentes de movimiento y dinamismo. Estaban, además, pintadas con un gusto pésimo, con colores chillones sin armonía ninguna, como las damas que dibujaban Claudia y ella de pequeñas, de vestidos naranjas y tocados verdes y chales rosas y amarillos, todo a la vez.

—Será posible —murmuró Méndez.

La estatua que tenían a la derecha era de una mujer, que sostenía una lanza en una mano y llevaba casco sobre la cabeza.

—¿Habías visto antes algo semejante?

—Sí —respondió él. Miraba a las estatuas con curiosidad, no exenta de aprensión, así que Aurelia no se relajó. —Creo que son griegas. Vi... Nos quedamos con un anticuario mientras estuvimos en Venecia. Tenía fragmentos parecidos a estos, pero...

—¿Pero qué?

—Que estaban incompletos. Y eran blancos. En el libro del señor Winckelmann se afirma que los griegos no policromaban su escultura y se habla de la mesura...

—Si son griegas, el cuento de Hércules puede tener algún sentido —murmuró Aurelia—. Pudieron venir desde Grecia a enterrar aquí su objeto maldito, bien lejos de ellos.

—Hércules no es más que un mito, pero estatuas como estas están enterradas por todo el Egeo —dijo Méndez—. No me acuerdo, pero... Este tipo de líneas, con ese pelo arrugado y esas sonrisas inquietantes son de antes de Pericles.

—Las fechas reales me inquietan —dijo Aurelia.

A la luz tilintante de las antorchas fantasmales, una figura se irguió en el centro de la estancia.

*Hora de la espera esperanzada.*

Méndez se preparó para atacar. Aurelia, aún sosteniendo su mano, no hizo ademán ninguno, así que Méndez observó con más cuidado aquello que se había levantado. No tenía la sustancia tenebrosa de las helenas, ni la etereidad del triste fantasma que habían encontrado al atravesar aquel sueño, o ilusión, o delirio de las ruinas. Parecía viejo, antiguo y polvoriento. Méndez tuvo que concentrarse para distinguir las facciones de un hombre barbado, gallardo y vestido con túnica larga y pantalones. Sujetándole la capa, Méndez distinguió un broche que le hizo sentir un escalofrío: la silueta sencilla y certera de un pájaro que, desafiante, levantaba la cabeza hacia la izquierda.

—Al fin —dijo el hombre, en el idioma que ya no se hablaba.

—¿Es de los tuyos? —preguntó Aurelia.

Méndez asintió. Miró a Aurelia a los ojos y ella pareció entender, sin necesidad de ninguna explicación, que aquello era un asunto de familia.

—Soy el heredero de Mendo y Hermenegildo —dijo él.

—Me alegra que hayas llegado hasta aquí —dijo el hombre—. Pues yo soy Hermenegildo, querido hijo, y llevo años incontables aquí abajo con la esperanza de que mi hijo Mendo saliera de este laberinto con bien.

Méndez tragó saliva.

—Mendo fue encontrado cubierto de sangre, aferrando una de las águilas de su padre —recitó Méndez. Era más fácil contarlo como su fuera sólo una historia, como si no hubiera sido una tragedia real—. Su esposa escribió todo lo que el moribundo dijo, aunque parecía incoherente, y en ello nos hemos basado durante siglos para intentar encontrar el lugar en el que se ocultaba la profecía... y así poder enmendarla.

Hermenegildo asintió.

—Así habéis tardado... tanto. Al menos, veo que también ha sobrevivido la estirpe de Aurelio —añadió, mirando a Aurelia.

Ella se puso tensa al oír el nombre de su antepasado.

—No ha sido hasta esta noche que lo hemos entendido —admitió Méndez—. Los idiomas han cambiado, y... la traducción de ambas familias hablaba del destino de uno solo, no de un solo destino.

El suspiro del caballero visigodo conmovió profundamente al joven.

—Tiempo, tiempo... Tanto tiempo... —gimió—. Bajamos aquí, mi hijo y yo. Creíamos haber encontrado el lugar donde las brujas estigias habían enterrado su venganza y, como vosotros, no teníamos más que los balbuceos de un pobre soldado bizantino. Mi hermano Aurelio y yo le habíamos hecho una promesa... Pero no sabíamos a qué ciudad Imperial se refería, así que Aurelio marchó a Roma y yo vine a la capital de Witiza, con mi hijo.

—¿No hubo conflicto? —interrumpió Méndez—. ¿No hubo discusión por la forma en la que había que encargarse de la... de la profecía, de la venganza de las benevolentes?

—¿De qué hablas, muchacho? —preguntó Hermenegildo, consternado—. Juntos lo decidimos. Su latín era mejor que el mío, había salio a nuestra madre, a Placidia. ¿Qué información corrupta os ha tenido atrapados todos estos años?

Hermenegildo cayó sobre una rodilla.

—Ha sido más de un milenio de separación y tradición tergiversada —dijo Méndez—. Pero hemos aprendido. Ella... Ella es Aurelia —dijo, dándose cuenta de que aquello iba a ser lo más parecido a la bendición de un padre que iban a tener nunca—. Vamos a terminar lo que empezasteis.

El caballero visigodo asintió.

—Estoy... cansado —dijo—. Si eres... Si sois los herederos, el mío y la de mi hermano, sabréis que no sois como los mortales. Que guardáis un poder por el que pagamos un alto precio... Que conseguimos a través de ritos de los que es mejor que nada sepáis. El poder... El poder se adapta al alma de cada uno, a su naturaleza. Espero que os conozcáis bien...

—Méndez —llamó Aurelia.

—¿Que nos conozcamos? ¿Por qué?

Hermenegildo no contestó.

—¡Méndez! ¡Las estatuas! —exclamó Aurelia, apremiante.

El joven reparó entonces en las cabezas giradas de las estatuas hacia ellos.

—Hay una puerta al otro lado, tras de mí —dijo Hermenegildo, pesadamente—. Llevo... Llevo más de un milenio manteniendo a los diez guardianes a raya. De lo contrario, habrían salido a buscaros, a cazaros... Habría derrumbado esto mucho antes, pero entonces no habríais podido pasar... Al otro lado de la puerta está el objeto de nuestros desvelos. Cumplid con vuestro destino...

Méndez quiso protestar, pero Aurelia tiró de él y cruzaron la estancia antes de que la primera estatua empezase a abrir la boca. Hermenegildo, mientras, se levantaba; Méndez reconoció los relámpagos que se formaban en los brazos del caballero. Encontraron la puerta y la empujaron; los recibió de nuevo la oscuridad y corrieron, mientras los gritos y el estrépito los perseguían. Las lágrimas caían por el rostro de Méndez. Las respuestas a toda una vida de preguntas no habían sido, ni serían nunca, suficientes.

*Hora de la verdad.*

Tras un pasillo en oscuridad completa en el que habían avanzado a tientas, con las manos fuertemente enlazadas y un cuidado infinito con dónde ponían los pies, habían empujado una puerta de una materia tan pulida que era difícil decir si era madera, marfil o alguna sustancia cuyo secreto se había perdido para los mortales. Al empujar la hoja, no habían podido ver nada, pero nada más cruzar el umbral se habían empezado a encender las luces.

La estancia era enorme, alargada y con dos filas paralelas de columnas que conducían a una bóveda de horno, exactamente igual que en las basílicas que Méndez recordaba de los viajes a Italia. Igual que en Rávena, la luz reverberaba en los mosaicos, pero los motivos de éstos le eran completamente ajenos: no representaban personajes de la tradición cristiana, ni siquiera podían distinguirse figuras remotamente humanas. Eran todo curvas y contracurvas, tallos enlazados de modo grotesco en un juego geométrico que resultaba inquietante y desagradable.

Las luces, aunque anaranjadas como si fuesen llamas normales, tililaban en una serie de lámparas que colgaban entre las columnas, bajo los arcos que las unían. El suelo, de grandes piezas de mármol encajadas con precisión, replicaba los diseños de los mosaicos de las paredes y el testero de la sala.

Aurelia tiró de la mano de Méndez. Allí, al otro lado, en ese testero precisamente, había un objeto voluminoso, enorme: era difícil verlo, distinguirlo. Parecía algo alargado y amarillento, colocado en un atril.

Era muy complicado verlo bien, ya que una sombra oscura pasaba continuamente por delante. No, no era una sola sombra: el joven, con terror creciente, distinguió tres seres hechos de tinieblas. Ya había visto antes a uno de ellos... A una de *ellas*.

Entonces, comenzó la música.

Aurelia apretó la mano de Méndez una última vez y se permitió la imprudencia de apartar la vista de las helenas para mirarlo una última vez. Al menos, en aquel agujero impío en el que el llamado héroe había enterrado aquella maldita profecía, habían podido bailar juntos.

No iba a dejar que aquellas sombras sedientas de venganza le arrebataran la posibilidad de danzar abrazados todo lo que les quedaba de vida.

Le soltó la mano para poder dibujar en el aire, mientras avanzaba hacia las helenas, el gesto que llevaba practicando desde que tuvo edad para bipedestar. Entre sus palmas apareció una cadena que no pertenecía a la dimensión de los mortales; la hizo girar y, sin dejar de correr, se la lanzó a la primera sombra, que venía directamente hacia ella.

La helena aulló de agonía. Aurelia nunca había visto una tan de cerca, pero apenas le dedicó una mirada práctica mientras la saltaba; se tiró al suelo para dar una voltereta y así evitar el zarpazo de una segunda helena, en cuyas piernas —si es que a aquel burbujeo de guedejas tenebrosas se les podía llamar piernas— enredó otra cadena.

Levantó la cabeza y saltó grácilmente para ponerse en pie de nuevo, buscando a la tercera. La vio sobre Méndez, aún cerca de la puerta, y gritó de rabia. No había forma humana de llegar a tiempo. Volvió atrás, le soltó una patada en la cabeza a una de las helenas caídas...

—Quieta, sabandija —dijo una voz craquelada en el fondo de su cabeza, y vio el rostro umbrío de la helena que estaba sobre Méndez volverse hacia ella—. Quieta, o acabaré rápido con esto.

Aurelia se detuvo.

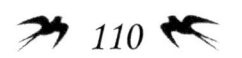

Méndez no había tenido tiempo de reaccionar cuando ya tenía aquel peso muerto encima, esa sombra pesada. Lo había tirado al suelo sin miramientos. Sintió un profundo dolor en la parte de atrás de la cabeza. Tan de cerca, podía sentir sus huesos descarnados clavándose en su vientre; se había sentado a horcajadas sobre él. Las falanges de una de las manos de la helena se le estaban clavando en el cuello, asfixiándolo. No había carne sobre los huesos negros de la Erinia: sólo el espectro sombrío de una carne que nunca los había cubierto, consumidas como habían estado por su naturaleza abyecta desde el mismo momento en que comenzaran a existir.

La tinieblas perfilaban un rostro cambiante sobre el cráneo que se había vuelto hacia Aurelia. Él quiso gritar, pedirle que no le hiciera caso, que no escuchase a aquella abominación. No podía casi ya ni respirar, pero ese momento en que la Erinia había girado la cabeza podía ser suficiente. Se acercó la mano a la nuca, sintió la sangre que manaba del golpe en la cabeza; se restregó los dedos y los extendió hacia arriba, hacia el techo: los pájaros de sangre se lanzaron a atacar.

La primera de las helenas se había levantado. Aurelia la sentía latir tras ella y estaba a punto de agacharse cuando los pájaros se abatieron sobre las tres criaturas. Le dio tiempo para lanzarse sobre la que estaba sobre Méndez y apartarla de él. Rodó por el suelo, llevándose con ella a esa sombra malhadada, esa maldad sin sustancia.

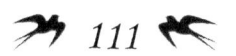

La rabia que llevaba sintiendo toda la vida, la frustración que la había acompañado desde que fue capaz de comprender lo que significaban la misión y su destino... Todas las noches llorando, todos los amaneceres aterrada, toda la responsabilidad de ser la última generación que tendría la oportunidad de acabar con la profecía antes de que se cumpliera... Toda la injusticia de una tarea que no había pedido, que estaba muy por encima de lo que podían pedirle a cualquier niña, a cualquier muchacha, impactó con su puño en la calavera. Sintió un dolor inmenso en los nudillos y escuchó con satisfacción el sonido del hueso ajeno quebrándose con el golpe. La helena cayó hacia un lado y se deshizo en culebras y alimañas que huyeron por el suelo sin darle tiempo a atraparla con otra cadena; Aurelia se incorporó.

Vio a Méndez correr hacia el testero. Estaba a punto de alcanzar el atril cuando una madeja informe de sombras serpentinas cayó sobre él; mientras se ponía de pie, Aurelia trató de gritar una advertencia, pero era demasiado tarde. La maraña cayó sobre él y sobre el atril; lo que sea que hubiera encima cayó al suelo también. Aullando, Aurelia corrió hacia el testero; extendió los brazos, nació una cadena y la lanzó a las sombras que ahogaban a Méndez. La helena de la mandíbula rota cayó hacia atrás,

Al llegar hasta ellos, Aurelia vio lo que había reposado sobre el atril: era un pergamino enrollado en dos varas, como los que había copiado de pequeña con los primeros capítulos de la historia de su familia, en Roma. Sin embargo, no tenía ese aspecto decrépito que ella recordaba, sino que brillaba sutilmente como el reflejo del sol que hiere los ojos durante el atardecer, y su contorno parecía impreciso, como un espejismo del mediodía del estío.

Ahí estaba escrito el final. Con la sangre de dioses ya muertos, sobre la piel curtida de un titán sin nombre; la magia antigua de la venganza de las Erinias contra Zeus por haberlas hecho nacer. La cárcel que les había construido su hijo no podía durar para siempre...

Aquella frágil materia dejó un poso de incredulidad en su alma, sobre el dolor que la embargó al contemplar, tendido en el suelo, el cuerpo inerte de Méndez, sus ojos cerrados, y escuchar la risa seca de las helenas alrededor.

*Hora de la destrucción y la enmienda.*

Se permitió llorar. Cayeron las lágrimas por sus mejillas mientras se agachaba junto a él y le acariciaba la línea de la mandíbula. Qué pocas oportunidades había tenido de verle sonreír.

Estiró la otra mano hacia el pergamino. Una gota de su sangre cayó al suelo, haciéndole cosquillas leves. Rozó la superficie vetusta, la piel curtida de un ser que una vez pudo sentir dolor, con la yema herida de su dedo índice, y suspiró.

Sintió una sensación familiar, un cosquilleo inquieto en el pecho, un alma que no le pertenecía tomando el control de sus sentimientos. De una grieta del borde del pergamino se desprendió una mariposa amarillenta, avejentada, que echó a volar como la pavesa errática de una hoguera impía. Tras ella voló otra, y otra, y otra; el pergamino estalló en miles de mariposas leves, desconcertadas, y el rumor cesó para ser sustituido por el aullido de desesperación de las helenas.

Aurelia sonrió ante los gritos de aquellas arpías desalmadas, ante la frustración de ese rencor capaz de atravesar las eras del tiempo. Morir en aquel agujero era un final triste, pero había hecho lo que tenía que hacer, y además... Además, Méndez ya no estaba.

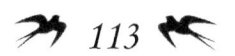

El ahogo que sintió en el pecho hizo que cerrase los ojos, que dejara de ver a las mariposas que habían desmenuzado la profecía revolotear a la luz de los candiles impíos. Se dejó caer de nuevo, junto al cuerpo de Méndez; se acurrucó sobre su pecho y se permitió, por fin, echarse a llorar.

Las lágrimas pronto mojaron la camisa ensangrentada del joven; sus propios sollozos ahogaron los aullidos de las helenas. Ya no importaba nada. El único sentido que le veía ahora a que siguiera existiendo un mundo lleno de almas vivarachas, de música y poesía, era que pudiera recordarse aquel día aciago, que entendieran el sacrificio, que recordaran su nombre. A Aurelia ya no le importaba vivir en él o no.

Casi no podía respirar. Sentía el viento que empujaba a las mariposas a volar, cada vez más rápido; un vendaval que los envolvía, que se llevaba los gritos de las arpías, que los volvía a traer. Temió ser engullida por él y se aferró aún con más fuerza a la ropa de Méndez.

El pergamino había sido destruido. La maldición había acabado. ¿Por qué no cambiaba nada?

—No tengas miedo.

Sitió al brazo del joven rodearla y abrió los ojos. Se incorporó ligeramente. Méndez le sonreía, bajo la luz aberrante; la mano del joven le acarició la espalda.

—¿Méndez? —preguntó Aurelia, con un hilo de voz. Si se había vuelto loca, maldita fuera la cordura.

Él le sonrió también.

—¿Lo has destruido? —preguntó el joven.

Aurelia asintió. Las mariposas seguían volando en círculos sobre ellos, como un huracán de ceniza, los fragmentos de una maldición condenada ya al olvido.

—Sí —musitó Aurelia.

—Entonces es momento de enmendarlo —dijo él, y se incorporó.

Méndez extendió la palma de la mano izquierda, un par de mariposas se posaron en ella. Los gemidos de las helenas habían desaparecido: susurraban, desquiciadas, entre las sombras.

Aurelia lo entendió todo.

De una en una, él fue llamando a las incontables mariposas; lentamente al principio, de forma más rápida según se iban ordenando. Ella no pudo sino sonreír. Llamó también a las mariposas, las colocó en los huecos que iba dejando él; intercambiaron pareceres en susurros, ajenos a nada más. Soplaron, acariciaron, cantaron, rieron; cayó alguna lágrima: las alas grises y marrones se tiñeron de color, de esperanza, de voluntad, de anhelos.

Lo que crearon juntos poco se asemejaba al pergamino maltrecho donde latía la nada. Sólo un par de mortales, capaces de sentir el terror de perder a quien se ama, podrían haber tejido ese tapiz irisado lleno de ganas de vivir, de construir, de imaginar.

Cuando contemplaron aquella tela viva, alitas infinitas deseosas de volar, se dieron cuenta de cómo se habían ido acercando sus rostros, lo juntas que estaban sus caras. La luz ya no era la misma, se había vuelto blanca: bajo ella, podían distinguirse todos los matices de la profecía reconstruida. En las sombras que proyectaba, las helenas se retorcían de rabia.

Aurelia sintió la mejilla de Méndez junto a la suya. Aquella piel cálida rozando su rostro la hizo temblar, de anhelo y de emoción; en su vientre aleteaban aún más alas deseosas de echar a volar. Se giró, lentamente, con los labios entreabiertos y expectantes, en busca del sentido de la vida, y lo encontró en el beso que la esperaba en los labios del joven, tímidos, casi sorprendidos.

—Oh, Aurelia —susurró él tras el primer roce, y buscó su calor; se rodearon con los brazos y el tapiz estalló.

*Hora del nido en el hogar.*

En la barandilla del balcón había un pájaro negro.

—¿Estás seguro de que no es tuyo?

Acababa de salir el sol y Aurelia, en camisón, daba golpecitos al cristal sin dejar de sonreír. Él se desperezó antes de volver a abrazarla, de hundir la cara en aquella mata de pelo indomable, que ella ya nunca sujetaba en ningún moño tiránico.

—No, dulce Aurelia. Ya estamos en el lado correcto del cristal: los dos en el mismo.

Ella dejó escapar una risa breve y fresca, un tanto adormilada.

—Ha sido un camino muy largo para llegar a casa, Mendo.

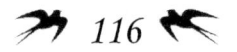

Él sonrió. Una de las cosas más hermosas de aquella vida que comenzaba era tener un nombre propio, no ser el heredero de nada.

—Ahora que esto es nuestro hogar, las golondrinas deben quedarse colgando sus nidos bajo el balcón.

El estrépito de las risas les llegó desde el piso de abajo. Era difícil entender sus voces, pero parecía que algo infinitamente divertido les acababa de pasar a Claudia y Elvira en el patio.

—Quizá tengamos carta del poeta —aventuró Aurelia, jugueteando con los dedos en la mano de Mendo.

—Será una mañana de versos, entonces. ¿A dónde van los versos que no se pronuncian?

Aurelia se encogió de hombros.

—¿Se convierten en besos?

—¿Es un verso un beso que busca un hogar?

—¿Y qué es un beso, sino unos labios volviendo a casa?

Mendo volvió a sonreír. Los rayos de sol del amanecer acariciaban el rostro de Aurelia: una nueva luz, un nuevo día, un nuevo mundo.

Un amor eterno.

*Y es el amor lo que hace soportable esta existencia volátil,
este final anunciado, esta profecía inevitable.
Es lo que nos salva de la oscuridad y la desesperación
y lo que justifica cada instante vivido,
cada recuerdo creado.*

*Recordad a nuestros héroes, que en su amor creyeron,
con su amor contaron, con su amor vencieron.
Sabed que hubo infinitas horas más,
pero no fueron horas de oscuras golondrinas,
sino horas de luz, de mañanas de verano,
de susurros cómplices y calor en invierno.*

*Volad, mortales, en las alas del amor,
cabalgad sobre los vientos de la imaginación.*

Printed in Great Britain
by Amazon